A CAUSA SECRETA
e outros contos de horror

Edgar Allan Poe, Machado de Assis, Bram Stoker, Gu
Bram Stoker, Guy de Maupassant, Robert Louis Stever
Robert Louis Stevenson, Arthur Conan Doyle, Edgar
Edgar Allan Poe, Machado de Assis, Bram Stoker, Guy
Bram Stoker, Edgar Allan Poe, Machado de Assis, Artl
Guy de Maupassant, Machado de Assis, Bram Stoker, Gu
Bram Stoker, Guy de Maupassant, Robert Louis Stever
Robert Louis Stevenson, Arthur Conan Doyle, Edgar
Edgar Allan Poe, Machado de Assis, Bram Stoker, Guy
Arthur Conan Doyle, Edgar Allan Poe, Machado de A
Edgar Allan Poe, Machado de Assis, Bram Stoker, Guy
Bram Stoker, Guy de Maupassant, Robert Louis Stever
Robert Louis Stevenson, Arthur Conan Doyle, Edgar
Edgar Allan Poe, Machado de Assis, Bram Stoker, Guy
Bram Stoker, Edgar Allan Poe, Machado de Assis, Arthur
de Maupassant, Machado de Assis, Bram Stoker, Guy de
Stoker, Guy de Maupassant, Robert Louis Stevenson, A
Louis Stevenson, Arthur Conan Doyle, Edgar Allan Poe
Poe, Machado de Assis, Bram Stoker, Guy de Maupassa
Edgar Allan Poe, Machado de Assis, Arthur Conan Do
Poe, Machado de Assis, Bram Stoker, Guy de Maupassa
Guy de Maupassant, Robert Louis Stevenson, Arthur C
Stevenson, Arthur Conan Doyle, Edgar Allan Poe, Mach
Machado de Assis, Bram Stoker, Guy de Maupassant, Ro
Allan Poe, Machado de Assis, Arthur Conan Doyle,
Poe, Machado de Assis, Bram Stoker, Guy de Maupassa
Maupassant, Edgar Allan Poe, Robert Louis Stevenson,
Assis, Robert Louis Stevenson, Arthur Conan Doyle, Edg
Edgar Allan Poe, Machado de Assis, Bram Stoker, Guy
Bram Stoker, Edgar Allan Poe, Machado de Assis, Artl

A causa secreta
E OUTROS CONTOS DE HORROR

Copyright © 2012 by os autores

Copyright da organização © 2013 by Companhia das Letras

Grafia atualizada segundo o Acordo Ortográfico da Língua Portuguesa de 1990, que entrou em vigor no Brasil em 2009.

Capa e projeto gráfico Retina78

Revisão Carmen T. S. Costa e Luciana Baraldi

Dados Internacionais de Catalogação na Publicação (CIP)
(Câmara Brasileira do Livro, SP, Brasil)

A causa secreta : e outros contos de horror. — 1ª ed. — São Paulo : Boa Companhia, 2013.

   Vários autores.
   ISBN 978-85-65771-09-2

   1. Contos de horror: Coletâneas.

13-06351   CDD-808.838

Índices para catálogo sistemático:
1. Coletâneas : Contos de horror : Literatura   808.838
2. Contos de horror : Coletâneas : Literatura   808.838

6ª reimpressão

Todos os direitos desta edição reservados à
EDITORA SCHWARCZ S.A.
Rua Bandeira Paulista, 702, cj. 32
04532-002 — São Paulo — SP
Telefone: (11) 3707-3500
www.companhiadasletras.com.br
www.blogdacompanhia.com.br

Sumário

APRESENTAÇÃO
7   O horror como experiência literária

EDGAR ALLAN POE
11   A máscara da Morte Rubra

MACHADO DE ASSIS
21   A causa secreta

BRAM STOKER
37   A selvagem

GUY DE MAUPASSANT
59   A mão

ROBERT LOUIS STEVENSON
71   O rapa-carniça

ARTHUR CONAN DOYLE
99   O cirurgião de Gaster Fell

141   Sobre os autores

O HORROR COMO EXPERIÊNCIA LITERÁRIA

Desde cedo, como ouvintes, ou mais tarde, como leitores, flertamos com narrativas que provocam medo. No dia a dia procuramos evitar essa consciência do perigo, mas através da ficção nos aproximamos e vivemos essa experiência, sabendo que estamos protegidos de todo o mal. Ao posicionar o leitor diante de enredos, personagens e ambientes diversos, a literatura ao mesmo tempo desafia e conforta o leitor, pois quando lemos uma história de horror nos confrontamos com o assustador prestes a acontecer e, sabendo disso, podemos simplesmente fechar o livro e acabar com a angústia. Ou, frente à provocação, o leitor decide continuar para ver como a história vai acabar. Os seis contos desta antologia passeiam pela tradição e lançam mão de variados recursos do gênero. Alberto Manguel, no texto de apresentação do livro *Contos de horror do século XIX*, recupera a definição da escritora gótica Ann Radcliffe: "o terror e o horror possuem características tão claramente opostas que um dilata a alma e suscita uma atividade intensa de todas as nossas faculdades, enquanto o outro as contrai, congela-as e de alguma maneira as aniquila. Nem Shakespeare nem Milton em suas ficções, nem Mr. Burke em suas reflexões, buscaram no horror puro uma das fontes do sublime. Onde situar, então, essa importante diferença entre terror e horror senão no fato de que este último se faz acompanhar de um sentimento de obscura incerteza em relação ao mal que tanto teme?". A distinção é um tanto tênue, sendo comum encontrarmos nomes diferentes querendo dizer o mesmo com o termo *horror* ou *terror*.

O mais importante é que os autores aqui reunidos destacam-se por serem os mais representativos do gênero. Do precursor Edgar Allan Poe, que apresenta a atmosfera aristocrática que emana das abadias do príncipe Próspero, personagem do conto "A máscara da Morte Rubra", passando pela crueldade psicológica de Fortunato, em "A causa secreta", de Machado de Assis; a morte surpreendente de Elias, um cientificista que sofre a vingança de um bicho, no caso uma gata, no conto "A selvagem", do irlandês Bram Stoker, nome fundamental da mais famosa história de vampiro, *Drácula* (1897). E ainda "A mão" do francês Guy de Maupassant, "O rapa-carniça" de Robert Louis Stevenson e "O cirurgião de Gaster Fell", do também escocês Arthur Conan Doyle. Todas as histórias aproximam o leitor do obscuro e do indizível que a literatura pretende traduzir em palavras.

EDGAR ALLAN POE

A MÁSCARA DA MORTE RUBRA

Por muito tempo a "Morte Rubra" devastara o país. Jamais pestilência alguma fora tão mortífera ou tão terrível. O sangue era seu avatar e seu sinal — a vermelhidão e o horror do sangue. Surgia com dores agudas, súbitas vertigens; depois, vinha profusa sangueira pelos poros e a decomposição. As manchas vermelhas no corpo, em particular no rosto da vítima, estigmatizavam-na, isolando-a da compaixão e da solidariedade de seus semelhantes. A irrupção, o progresso e o desenlace da moléstia eram coisa de apenas meia hora.

Mas o príncipe Próspero sabia-se feliz, intrépido e sagaz. Quando seus domínios começaram a despovoar-se, chamou à sua presença um milheiro de amigos sadios e frívolos, escolhidos entre os fidalgos e damas da corte, e com eles se encerrou numa de suas abadias fortificadas. Era um edifício vasto e magnífico, criação do gosto excêntrico, posto que majestoso, do próprio príncipe. Forte e alta muralha, com portões de ferro, cercava-o por todos os lados. Uma vez lá dentro, os cortesãos, com auxílio de forjas e pesados martelos, rebitaram os ferrolhos, a fim de cortar todos os meios de ingresso ao desespero dos de fora, e de escape, ao frenesi dos de dentro. A abadia estava amplamente abastecida. Com tais precauções, podiam os cortesãos desafiar o contágio. O mundo externo que se arranjasse. Por enquanto, era loucura pensar nele ou afligir-se por sua causa. O príncipe tomara todas as providências para garantir o divertimento dos hóspedes. Contratara bufões, improvisadores, bailarinos, músicos. Beleza, vinho e segurança estavam dentro da abadia. Além de seus muros, campeava a "Morte Rubra".

Ao fim do quinto ou sexto mês de reclusão, quando mais furiosamente lavrava a pestilência lá fora, o príncipe Próspero decidiu entreter seus amigos com um baile de máscaras de inédita magnificência.

Que cena voluptuosa, essa mascarada! Mas me permitam, primeiramente, falar das salas em que se realizou. Era uma série imperial de sete salões. Na maioria dos palácios, tais séries formam longas perspectivas em linha reta, as portas abrindo-se de par em par, possibilitando a visão de todo o conjunto. Aqui, o caso era diverso, como se devia esperar do gosto bizarro do duque. Os apartamentos estavam dispostos de forma tão irregular que a vista abarcava pouco mais de um por vez. A cada vinte ou trinta metros, havia um cotovelo brusco, proporcionando novas perspectivas. À direita e à esquerda, no meio de cada parede, uma alta e estreita janela gótica abria-se para o corredor fechado que acompanhava as sinuosidades do conjunto. Essas janelas estavam providas de vitrais cuja cor variava de acordo com o tom predominante da decoração da sala para a qual davam. A sala da extremidade oriental, por exemplo, fora decorada em azul, e intensamente azuis eram suas janelas. A segunda sala tinha ornamento e tapeçarias purpúreas; purpúreas eram as vidraças. A terceira fora pintada de verde, sendo também verdes as armações das janelas. A quarta havia sido decorada e iluminada de alaranjado; a quinta, de branco; a sexta, de violeta. O sétimo aposento estava completamente revestido de veludo preto, que, pendendo do teto e ao longo das paredes, caía em dobras pesadas sobre um tapete de mesmo estofo e cor. Nesse aposento, entretanto, a cor das janelas não correspondia à das decorações. Suas vidraças eram vermelhas, de uma escura tonalidade sanguínea. Cumpre notar que em nenhum dos aposentos havia lâmpada ou candelabro pendendo do teto ricamente ornamentado a ouro. Luz alguma emanava de lâmpada ou candelabro em qualquer das salas. Contudo, nos corredores que as acompanhavam, em frente de cada janela, havia um pesado trípode a sustentar um braseiro cuja luz, filtrando-se através dos vitrais, iluminava o aposento, ocasionando uma infinidade de vistosas e fantásticas aparências. Na sala negra, porém, o clarão, infletindo sobre as negras cortinas através dos vitrais sanguíneos, produzia um efeito extremamente lívido e dava aparência tão estranha à fisionomia dos que ali entrassem que poucos tinham coragem de atravessar-lhe o umbral.

Era nesse mesmo aposento que havia, encostado à parede oeste, um gigantesco relógio de ébano. Seu pêndulo ia e vinha num tique-taque lento, pesado, monótono. Quando o ponteiro dos minutos completava a volta do mostrador e a hora estava para soar, saía dos brônzeos pulmões do relógio um som limpo, alto, agudo, extremamente musical, mas de ênfase e timbre tão peculiares que, a cada intervalo de hora, os músicos da orquestra viam-se constrangidos a interromper momentaneamente a execução para ouvi-lo. Nesses momentos, era forçoso que os dançarinos parassem de dançar, e um breve desconcerto se apoderava da alegre companhia. Enquanto vibrava o carrilhão do relógio, os mais afoitos empalideciam, e os mais idosos e sensatos passavam a mão pela fronte, como em sonho ou meditação confusa. Tão logo se esvaíam os ecos, um riso ligeiro percorria a assembleia. Os músicos se entreolhavam, sorrindo da própria nervosidade e loucura, fazendo juras sussurradas, uns aos outros, de que o próximo carrilhonar do relógio não mais produziria neles tal comoção. Todavia, sessenta minutos mais tarde (que abrangem três mil e seiscentos segundos do tempo que voa), quando vinha outro carrilhonar do relógio, de novo se dava o mesmo desconcerto, o mesmo tremor, a mesma meditação de antes.

A despeito de tudo isso, a folia ia alegre e magnífica. Os gostos do duque eram originais. Tinha ele olho esperto para cores e efeitos. Desprezava as maneiras da moda em vigor. Seus projetos eram audazes e vivos; suas concepções esplendiam de um lustro bárbaro. Muitos acreditariam tratar-se de um louco. Seus adeptos, porém, sabiam que não. Era preciso ouvi-lo, vê-lo e tocá-lo para *assegurar-se* de seu juízo perfeito.

Em grande parte, ele comandara pessoalmente a caprichosa decoração das salas para a grande *fête*; sob sua orientação, haviam sido escolhidas as fantasias. Sem dúvida, elas eram grotescas. Havia muito brilho, muita pompa, muita coisa fantástica, muito daquilo que, desde então, pode-se ver em *Hernani*. Havia figuras arabescas, com membros e adornos desproporcionados. Havia fantasias delirantes, invenções de louco. Havia muito de belo, de atrevido, de *bizarro*, algo de terrível, capaz em não pouca medida de provocar aversão. Para lá e para cá, nas sete salas, movimentava-se uma multidão de sonhos. E esses sonhos andavam de um canto a outro, impregnando-se do colorido das salas, fazendo a música extravagante da orquestra soar como o eco de seus passos. Mas logo cantava o relógio de ébano na sala aveludada; por um momento, tudo se fazia imobilidade e silêncio, perturbado apenas por aquela voz. Os sonhos paravam, retesados. Porém, quando os ecos do carrilhão se esvaíam — tinham durado apenas um instante —, um frouxo de riso os acompanhava. E, mais uma vez, a música era reiniciada, os sonhos tornavam a viver e a circular mais alegremente que nunca, banhados pelas cores que a luz dos trípodes, atravessando os vitrais, projetava sobre eles. Entretanto, à última das sete salas, ninguém se aventurava, porque, avançando a noite, a luz filtrada pelas rubras vidraças fazia-se mais sanguínea; e a negrura dos panejamentos causava medo. Aqueles cujos pés pisassem o tapete veludoso ouviriam o som abafado do relógio, e o ouviriam mais solenemente enfático que os convivas dos demais salões.

Esses outros salões estavam cheios de gente; neles, pulsava febril o coração da vida. E a folia continuou, rodopiante, até que o relógio começou a bater meia-noite. A música parou, como já descrevi; acalmou-se o rodopio dos dançarinos; e, como antes, uma constrangida imobilidade tomou conta de todas as coisas. Doze foram as badaladas; por isso, os que meditavam entre os foliões tiveram tempo de meditar mais longa e profundamente. E antes que se esvanecesse o eco da última badalada, muitos dos convivas puderam perceber a presença de um novo mascarado, que, até então, não atraíra as atenções. Entre murmúrios, propagou-se a notícia da nova presença; elevou-se da companhia um zum-zum, um rumor de desaprovação e surpresa, a princípio; de terror, de horror e de náusea, depois.

Numa assembleia de fantasmas, como a que descrevi, era de supor que tal agitação não seria causada por aparição vulgar. Na realidade, a licença carnavalesca da noite fora praticamente ilimitada, mas o novo mascarado excedia em extravagância ao próprio Herodes; ultrapassava, inclusive, os indecisos limites de decoro impostos pelo príncipe. Há fibras no coração dos mais levianos que não podem ser tocadas impunemente. Mesmo para os pervertidos, para quem vida e morte são brinquedos igualmente frívolos, há assuntos sobre os quais não se admitem brincadeiras. Todos os presentes pareciam se dar conta de que, nos trajes e nas atitudes do estranho, nada havia de espirituoso ou de conveniente. Alto e lívido, vestia uma mortalha que o cobria da cabeça aos pés. A máscara que lhe escondia as feições imitava com tanta perfeição a rigidez facial de um cadáver que nem mesmo a um exame atento se perceberia o engano. E, no entanto, tudo isso seria, se não aprovado, ao menos tolerado pelos presentes, não fora a audácia do mascarado em disfarçar-se de Morte Rubra. Suas vestes estavam salpicadas de sangue; sua ampla fronte, assim como toda a face, fora borrifada com horrendas manchas escarlates.

Quando os olhos do príncipe Próspero caíram sobre aquela figura espectral (que, para melhor representar seu papel, caminhava entre os dançarinos com passos lentos e solenes), viram-no ser tomado de convulsões e arrepios de terror ou asco, no primeiro instante; logo depois, porém, seu rosto congestionou-se de raiva.

— Quem se atreve — perguntou roucamente aos cortesãos que o cercavam —, quem se atreve a insultar-nos com essa brincadeira blasfema? Agarrem-no, desmascarem-no! Assim saberemos quem deverá ser enforcado ao amanhecer!

Essas palavras vieram da sala azul, onde se achava o príncipe quando as pronunciou. Ecoavam pelas sete salas, alta e claramente, porque o príncipe era homem destemido e forte, e a música havia cessado, a um gesto seu.

Vieram da sala azul, onde estava o príncipe, rodeado de cortesãos empalidecidos. No primeiro momento que se seguiu à fala do príncipe, houve um ligeiro movimento de avanço do grupo em direção ao intruso. Este se achava perto e, com passos deliberados e firmes, aproximou-se do anfitrião. Mas, devido ao indefinível terror produzido pelo mascarado no ânimo de todos, ninguém se atreveu a agarrá-lo. Sem empecilho, ele se afastou, passando a um metro do lugar onde estava o príncipe. À sua passagem, toda a vasta assembleia, como que movida pelo mesmo impulso, afastou-se do centro das salas para as paredes, e o mascarado pôde seguir seu caminho com desembaraço, e com os mesmos passos solenes e medidos com que passara da sala azul à vermelha, da vermelha à verde, da verde à alaranjada, desta para a branca, e para a violeta, sem que nenhum dos circunstantes tivesse esboçado um gesto para detê-lo. Foi quando, louco de raiva e vergonha da própria e momentânea covardia, o príncipe Próspero cruzou apressadamente as seis salas, sem ninguém a segui-lo: o terror se apoderara de todos. Brandindo o punhal, avançava impetuosa e rapidamente; já estava a três ou quatro passos do vulto que se retirava, quando este, atingindo a extremidade da sala aveludada, virou-se bruscamente e enfrentou seu perseguidor. Nesse instante ouviu-se um grito agudo, e o punhal caiu cintilante no tapete negro, sobre o qual tombou também, instantaneamente e ferido de morte, o príncipe Próspero. Recorrendo à selvática coragem do desespero, um grupo de foliões correu para a sala negra e, agarrando o mascarado, cuja alta figura permanecia ereta e imóvel à sombra do relógio de ébano, detiveram-se eles, horrorizados, ao descobrir que a mortalha e a máscara mortuária que tão rudemente haviam agarrado não continham nenhuma forma tangível.

Só então se reconheceu a presença da Morte Rubra. Viera como um ladrão na noite. E, um a um, caíram os foliões nos ensanguentados salões da orgia, e morreram, conservando a mesma desesperada postura da queda. E a vida do relógio de ébano extinguiu-se simultaneamente com a do último dos foliões. E as chamas dos trípodes apagaram-se. E a Escuridão, a Ruína e a Morte Rubra estenderam seu domínio ilimitado sobre tudo.

Tradução de José Paulo Paes

MACHADO DE ASSIS

A CAUSA SECRETA

Garcia, em pé, mirava e estalava as unhas; Fortunato, na cadeira de balanço, olhava para o teto; Maria Luísa, perto da janela, concluía um trabalho de agulha. Havia já cinco minutos que nenhum deles dizia nada. Tinham falado do dia, que estivera excelente, — de Catumbi, onde morava o casal Fortunato, e de uma casa de saúde, que adiante se explicará. Como os três personagens aqui presentes estão agora mortos e enterrados, tempo é de contar a história sem rebuço.

Tinham falado também de outra coisa, além daquelas três, coisa tão feia e grave, que não lhes deixou muito gosto para tratar do dia, do bairro e da casa de saúde. Toda a conversação a este respeito foi constrangida. Agora mesmo, os dedos de Maria Luísa parecem ainda trêmulos, ao passo que há no rosto de Garcia uma expressão de severidade, que lhe não é habitual. Em verdade, o que se passou foi de tal natureza, que para fazê-lo entender, é preciso remontar à origem da situação.

Garcia tinha-se formado em medicina, no ano anterior, 1861. No de 1860, estando ainda na Escola, encontrou-se com Fortunato, pela primeira vez, à porta da Santa Casa; entrava, quando o outro saía. Fez-lhe impressão a figura; mas, ainda assim, tê-la-ia esquecido, se não fosse o segundo encontro, poucos dias depois. Morava na rua de D. Manuel. Uma de suas raras distrações era ir ao teatro de S. Januário, que ficava perto, entre essa rua e a praia; ia uma ou duas vezes por mês, e nunca achava acima de quarenta pessoas. Só os mais intrépidos ousavam estender os passos até aquele recanto da cidade. Uma noite, estando nas cadeiras, apareceu ali Fortunato, e sentou-se ao pé dele.

A peça era um dramalhão, cosido a facadas, ouriçado de imprecações e remorsos; mas Fortunato ouviu-a com singular interesse. Nos lances dolorosos, a atenção dele redobrava, os olhos iam avidamente de um personagem a outro, a tal ponto que o estudante suspeitou haver na peça reminiscências pessoais do vizinho. No fim do drama, veio uma farsa; mas Fortunato não esperou por ela e saiu; Garcia saiu atrás dele. Fortunato foi pelo beco do Cotovelo, rua de S. José, até o largo da Carioca. Ia devagar, cabisbaixo, parando às vezes, para dar uma bengalada em algum cão que dormia; o cão ficava ganindo e ele ia andando. No largo da Carioca entrou num tílburi, e seguiu para os lados da praça da Constituição. Garcia voltou para casa sem saber mais nada.

Decorreram algumas semanas. Uma noite, eram nove horas, estava em casa, quando ouviu rumor de vozes na escada; desceu logo do sótão, onde morava, ao primeiro andar, onde vivia um empregado do arsenal de guerra. Era este, que alguns homens conduziam, escada acima, ensanguentado. O preto que o servia, acudiu a abrir a porta; o homem gemia, as vozes eram confusas, a luz pouca. Deposto o ferido na cama, Garcia disse que era preciso chamar um médico.

— Já aí vem um, acudiu alguém.

Garcia olhou: era o próprio homem da Santa Casa e do teatro. Imaginou que seria parente ou amigo do ferido; mas, rejeitou a suposição, desde que lhe ouvira perguntar se este tinha família ou pessoa próxima. Disse-lhe o preto que não, e ele assumiu a direção do serviço, pediu às pessoas estranhas que se retirassem, pagou aos carregadores, e deu as primeiras ordens. Sabendo que o Garcia era vizinho e estudante de medicina, pediu-lhe que ficasse para ajudar o médico. Em seguida contou o que se passara.

— Foi uma malta de capoeiras. Eu vinha do quartel de Moura, onde fui visitar um primo, quando ouvi um barulho muito grande, e logo depois um ajuntamento. Parece que eles feriram também a um sujeito que passava, e que entrou por um daqueles becos; mas eu só vi a este senhor, que atravessava a rua no momento em que um dos capoeiras, roçando por ele, meteu-lhe o punhal. Não caiu logo; disse onde morava, e, como era a dois passos, achei melhor trazê-lo.

— Conhecia-o antes? perguntou Garcia.

— Não, nunca o vi. Quem é?

— É um bom homem, empregado no arsenal de guerra. Chama-se Gouveia.

— Não sei quem é.

Médico e subdelegado vieram daí a pouco; fez-se o curativo, e tomaram-se as informações. O desconhecido declarou chamar-se Fortunato Gomes da Silveira, ser capitalista, solteiro, morador em Catumbi. A ferida foi reconhecida grave. Durante o curativo, ajudado pelo estudante, Fortunato serviu de criado, segurando a bacia, a vela, os panos, sem perturbar nada, olhando friamente para o ferido, que gemia muito. No fim, entendeu-se particularmente com o médico, acompanhou-o até o patamar da escada, e reiterou ao subdelegado a declaração de estar pronto a auxiliar as pesquisas da polícia. Os dois saíram, ele e o estudante ficaram no quarto.

Garcia estava atônito. Olhou para ele, viu-o sentar-se tranquilamente, estirar as pernas, meter as mãos nas algibeiras das calças, e fitar os olhos no ferido. Os olhos eram claros, cor de chumbo, moviam-se devagar, e tinham a expressão dura, seca e fria. Cara magra e pálida; uma tira estreita de barba, por baixo do queixo, e de uma têmpora a outra, curta, ruiva e rara. Teria quarenta anos. De quando em quando, voltava-se para o estudante, e perguntava alguma coisa acerca do ferido; mas tornava logo a olhar para ele, enquanto o rapaz lhe dava a resposta. A sensação que o estudante recebia era de repulsa ao mesmo tempo que de curiosidade; não podia negar que estava assistindo a um ato de rara dedicação, e se era desinteressado como parecia, não havia mais que aceitar o coração humano como um poço de mistérios.

Fortunato saiu pouco antes de uma hora; voltou nos dias seguintes, mas a cura fez-se depressa, e, antes de concluída, desapareceu sem dizer ao obsequiado onde morava. Foi o estudante que lhe deu as indicações do nome, rua e número.

— Vou agradecer-lhe a esmola que me fez, logo que possa sair, disse o convalescente.

Correu a Catumbi daí a seis dias. Fortunato recebeu-o constrangido, ouviu impaciente as palavras de agradecimento, deu-lhe uma resposta enfastiada e acabou batendo com as borlas do chambre no joelho. Gouveia, defronte dele, sentado e calado, alisava o chapéu com os dedos, levantando os olhos de quando em quando, sem achar mais nada que dizer. No fim de dez minutos, pediu licença para sair, e saiu.

— Cuidado com os capoeiras! disse-lhe o dono da casa, rindo-se.

O pobre-diabo saiu de lá mortificado, humilhado, mastigando a custo o desdém, forcejando por esquecê-lo, explicá-lo ou perdoá--lo, para que no coração só ficasse a memória do benefício; mas o esforço era vão. O ressentimento, hóspede novo e exclusivo, entrou e pôs fora o benefício, de tal modo que o desgraçado não teve mais que trepar à cabeça e refugiar-se ali como uma simples ideia. Foi assim que o próprio benfeitor insinuou a este homem o sentimento da ingratidão.

Tudo isso assombrou o Garcia. Este moço possuía, em gérmen, a faculdade de decifrar os homens, de decompor os caracteres, tinha o amor da análise, e sentia o regalo, que dizia ser supremo, de penetrar muitas camadas morais, até apalpar o segredo de um organismo. Picado de curiosidade, lembrou-se de ir ter com o homem de Catumbi, mas advertiu que nem recebera dele o oferecimento formal da casa. Quando menos, era-lhe preciso um pretexto, e não achou nenhum.

Tempos depois, estando já formado, e morando na rua de Matacavalos, perto da do Conde, encontrou Fortunato em uma gôndola, encontrou-o ainda outras vezes, e a frequência trouxe a familiaridade. Um dia Fortunato convidou-o a ir visitá-lo ali perto, em Catumbi.

— Sabe que estou casado?

— Não sabia.

— Casei-me há quatro meses, podia dizer quatro dias. Vá jantar conosco domingo.

— Domingo?

— Não esteja forjando desculpas; não admito desculpas. Vá domingo.

Garcia foi lá domingo. Fortunato deu-lhe um bom jantar, bons charutos e boa palestra, em companhia da senhora, que era interessante. A figura dele não mudara; os olhos eram as mesmas chapas de estanho, duras e frias; as outras feições não eram mais atraentes que dantes. Os obséquios, porém, se não resgatavam a natureza, davam alguma compensação, e não era pouco. Maria Luísa é que possuía ambos os feitiços, pessoa e modos. Era esbelta, airosa, olhos meigos e submissos; tinha vinte e cinco anos e parecia não passar de dezenove. Garcia, à segunda vez que lá foi, percebeu que entre eles havia alguma dissonância de caracteres, pouca ou nenhuma afinidade moral, e da parte da mulher para com o marido uns modos que transcendiam o respeito e confinavam na resignação e no temor. Um dia, estando os três juntos, perguntou Garcia a Maria Luísa se tivera notícia das circunstâncias em que ele conhecera o marido.

— Não, respondeu a moça.

— Vai ouvir uma ação bonita.

— Não vale a pena, interrompeu Fortunato.

— A senhora vai ver se vale a pena, insistiu o médico.

Contou o caso da rua de D. Manuel. A moça ouviu-o espantada. Insensivelmente estendeu a mão e apertou o pulso ao marido, risonha e agradecida, como se acabasse de descobrir-lhe o coração. Fortunato sacudia os ombros, mas não ouvia com indiferença. No fim contou ele próprio a visita que o ferido lhe fez, com todos os pormenores da figura, dos gestos, das palavras atadas, dos silêncios, em suma, um estúrdio. E ria muito ao contá-la. Não era o riso da dobrez. A dobrez é evasiva e oblíqua; o riso dele era jovial e franco.

— Singular homem! pensou Garcia.

Maria Luísa ficou desconsolada com a zombaria do marido; mas o médico restituiu-lhe a satisfação anterior, voltando a referir a dedicação deste e as suas raras qualidades de enfermeiro; tão bom enfermeiro, concluiu ele, que, se algum dia fundar uma casa de saúde, irei convidá-lo.

— Valeu? perguntou Fortunato.
— Valeu o quê?
— Vamos fundar uma casa de saúde?
— Não valeu nada; estou brincando.
— Podia-se fazer alguma coisa; e para o senhor, que começa a clínica, acho que seria bem bom. Tenho justamente uma casa que vai vagar, e serve.

Garcia recusou nesse e no dia seguinte; mas a ideia tinha-se metido na cabeça ao outro, e não foi possível recuar mais. Na verdade, era uma boa estreia para ele, e podia vir a ser um bom negócio para ambos. Aceitou finalmente, daí a dias, e foi uma desilusão para Maria Luísa. Criatura nervosa e frágil, padecia só com a ideia de que o marido tivesse de viver em contato com enfermidades humanas, mas não ousou opor-se-lhe, e curvou a cabeça. O plano fez-se e cumpriu-se depressa. Verdade é que Fortunato não curou de mais nada, nem então, nem depois. Aberta a casa, foi ele o próprio administrador e chefe de enfermeiros, examinava tudo, ordenava tudo, compras e caldos, drogas e contas.

Garcia pôde então observar que a dedicação ao ferido da rua de D. Manuel não era um caso fortuito, mas assentava na própria natureza deste homem. Via-o servir como nenhum dos fâmulos. Não recuava diante de nada, não conhecia moléstia aflitiva ou repelente, e estava sempre pronto para tudo, a qualquer hora do dia ou da noite. Toda a gente pasmava e aplaudia. Fortunato estudava,

acompanhava as operações, e nenhum outro curava os cáusticos.
— Tenho muita fé nos cáusticos, dizia ele.

A comunhão dos interesses apertou os laços da intimidade. Garcia tornou-se familiar na casa; ali jantava quase todos os dias, ali observava a pessoa e a vida de Maria Luísa, cuja solidão moral era evidente. E a solidão como que lhe duplicava o encanto. Garcia começou a sentir que alguma coisa o agitava, quando ela aparecia, quando falava, quando trabalhava, calada, ao canto da janela, ou tocava ao piano umas músicas tristes. Manso e manso, entrou-lhe o amor no coração. Quando deu por ele, quis expeli-lo, para que entre ele e Fortunato não houvesse outro laço que o da amizade; mas não pôde. Pôde apenas trancá-lo; Maria Luísa compreendeu ambas as coisas, a afeição e o silêncio, mas não se deu por achada.

No começo de outubro deu-se um incidente que desvendou ainda mais aos olhos do médico a situação da moça. Fortunato metera-se a estudar anatomia e fisiologia, e ocupava-se nas horas vagas em rasgar e envenenar gatos e cães. Como os guinchos dos animais atordoavam os doentes, mudou o laboratório para casa, e a mulher, compleição nervosa, teve de os sofrer. Um dia, porém, não podendo mais, foi ter com o médico e pediu-lhe que, como coisa sua, alcançasse do marido a cessação de tais experiências.

— Mas a senhora mesma...

Maria Luísa acudiu, sorrindo:

— Ele naturalmente achará que sou criança. O que eu queria é que o senhor, como médico, lhe dissesse que isso me faz mal; e creia que faz...

Garcia alcançou prontamente que o outro acabasse com tais estudos. Se os foi fazer em outra parte, ninguém o soube, mas pode ser que sim. Maria Luísa agradeceu ao médico, tanto por ela como pelos animais, que não podia ver padecer. Tossia de quando em quando; Garcia perguntou-lhe se tinha alguma coisa, ela respondeu que nada.

— Deixe ver o pulso.

— Não tenho nada.

Não deu o pulso, e retirou-se. Garcia ficou apreensivo. Cuidava, ao contrário, que ela podia ter alguma coisa, que era preciso observá-la e avisar o marido em tempo.

Dois dias depois, — exatamente o dia em que os vemos agora, — Garcia foi lá jantar. Na sala disseram-lhe que Fortunato estava no gabinete, e ele caminhou para ali; ia chegando à porta, no momento em que Maria Luísa saía aflita.

— Que é? perguntou-lhe.

— O rato! o rato! exclamou a moça sufocada e afastando-se.

Garcia lembrou-se que, na véspera, ouvira ao Fortunato queixar-se de um rato, que lhe levara um papel importante; mas estava longe de esperar o que viu. Viu Fortunato sentado à mesa, que havia no centro do gabinete, e sobre a qual pusera um prato com espírito de vinho. O líquido flamejava. Entre o polegar e o índice da mão esquerda segurava um barbante, de cuja ponta pendia o rato atado pela cauda. Na direita tinha uma tesoura. No momento em que o Garcia entrou, Fortunato cortava ao rato uma das patas; em seguida desceu o infeliz até à chama, rápido, para não matá-lo, e dispôs-se a fazer o mesmo à terceira, pois já lhe havia cortado a primeira. Garcia estacou horrorizado.

— Mate-o logo! disse-lhe.

— Já vai.

E com um sorriso único, reflexo de alma satisfeita, alguma coisa que traduzia a delícia íntima das sensações supremas, Fortunato cortou a terceira pata ao rato, e fez pela terceira vez o mesmo movimento até a chama. O miserável estorcia-se, guinchando, ensanguentado, chamuscado, e não acabava de morrer. Garcia desviou os olhos, depois voltou-os novamente, e estendeu a mão para impedir que o suplício continuasse, mas não chegou a fazê-lo, porque o diabo do homem impunha medo, com toda aquela serenidade radiosa da fisionomia. Faltava cortar a última pata; Fortunato cortou-a muito devagar, acompanhando a tesoura com os olhos; a pata caiu, e ele ficou olhando para o rato meio cadáver. Ao descê-lo pela quarta vez, até a chama, deu ainda mais rapidez ao gesto, para salvar, se pudesse, alguns farrapos de vida.

Garcia, defronte, conseguia dominar a repugnância do espetáculo para fixar a cara do homem. Nem raiva, nem ódio; tão somente um vasto prazer, quieto e profundo, como daria a outro a audição de uma bela sonata ou a vista de uma estátua divina, alguma coisa parecida com a pura sensação estética. Pareceu-lhe, e era verdade, que Fortunato havia-o inteiramente esquecido. Isto posto, não estaria fingindo, e devia ser aquilo mesmo. A chama ia morrendo, o rato podia ser que tivesse ainda um resíduo de vida, sombra de sombra; Fortunato aproveitou-o para cortar-lhe o focinho e pela última vez chegar a carne ao fogo. Afinal deixou cair o cadáver no prato, e arredou de si toda essa mistura de chamusco e sangue.

Ao levantar-se deu com o médico e teve um sobressalto. Então, mostrou-se enraivecido contra o animal, que lhe comera o papel; mas a cólera evidentemente era fingida.

— Castiga sem raiva, pensou o médico, pela necessidade de achar uma sensação de prazer, que só a dor alheia lhe pode dar: é o segredo deste homem.

Fortunato encareceu a importância do papel, a perda que lhe trazia, perda de tempo, é certo, mas o tempo agora era-lhe preciosíssimo. Garcia ouvia só, sem dizer nada, nem lhe dar crédito. Relembrava os atos dele, graves e leves, achava a mesma explicação para todos. Era a mesma troca das teclas da sensibilidade, um diletantismo sui generis, uma redução de Calígula.

Quando Maria Luísa voltou ao gabinete, daí a pouco, o marido foi ter com ela, rindo, pegou-lhe nas mãos e falou-lhe mansamente:

— Fracalhona!

E voltando-se para o médico:

— Há de crer que quase desmaiou?

Maria Luísa defendeu-se a medo, disse que era nervosa e mulher; depois foi sentar-se à janela com as suas lãs e agulhas, e os dedos ainda trêmulos, tal qual a vimos no começo desta história. Hão de lembrar-se que, depois de terem falado de outras coisas, ficaram calados os três, o marido sentado e olhando para o teto, o médico estalando as unhas. Pouco depois foram jantar; mas o jantar não foi alegre. Maria Luísa cismava e tossia; o médico indagava de si mesmo se ela não estaria exposta a algum excesso na companhia de tal homem. Era apenas possível; mas o amor trocou-lhe a possibilidade em certeza; tremeu por ela e cuidou de os vigiar.

Ela tossia, tossia, e não se passou muito tempo que a moléstia não tirasse a máscara. Era a tísica, velha dama insaciável, que chupa a vida toda, até deixar um bagaço de ossos. Fortunato recebeu a notícia como um golpe; amava deveras a mulher, a seu modo, estava acostumado com ela, custava-lhe perdê-la. Não poupou esforços, médicos, remédios, ares, todos os recursos e todos os paliativos. Mas foi tudo vão. A doença era mortal.

Nos últimos dias, em presença dos tormentos supremos da

moça, a índole do marido subjugou qualquer outra afeição. Não a deixou mais; fitou o olho baço e frio naquela decomposição lenta e dolorosa da vida, bebeu uma a uma as aflições da bela criatura, agora magra e transparente, devorada de febre e minada de morte. Egoísmo aspérrimo, faminto de sensações, não lhe perdoou um só minuto de agonia, nem lhos pagou com uma só lágrima, pública ou íntima. Só quando ela expirou, é que ele ficou aturdido. Voltando a si, viu que estava outra vez só.

De noite, indo repousar uma parenta de Maria Luísa, que a ajudara a morrer, ficaram na sala Fortunato e Garcia, velando o cadáver, ambos pensativos; mas o próprio marido estava fatigado, o médico disse-lhe que repousasse um pouco.

— Vá descansar, passe pelo sono uma hora ou duas: eu irei depois.

Fortunato saiu, foi deitar-se no sofá da saleta contígua, e adormeceu logo. Vinte minutos depois acordou, quis dormir outra vez, cochilou alguns minutos, até que se levantou e voltou à sala. Caminhava nas pontas dos pés para não acordar a parenta, que dormia perto. Chegando à porta, estacou assombrado.

Garcia tinha-se chegado ao cadáver, levantara o lenço e contemplara por alguns instantes as feições defuntas. Depois, como se a morte espiritualizasse tudo, inclinou-se e beijou-o na testa. Foi nesse momento que Fortunato chegou à porta. Estacou assombrado; não podia ser o beijo da amizade, podia ser o epílogo de um livro adúltero. Não tinha ciúmes, note-se; a natureza compô-lo de maneira que lhe não deu ciúmes nem inveja, mas dera-lhe vaidade, que não é menos cativa ao ressentimento. Olhou assombrado, mordendo os beiços.

Entretanto, Garcia inclinou-se ainda para beijar outra vez o cadáver; mas então não pôde mais. O beijo rebentou em soluços, e os olhos não puderam conter as lágrimas, que vieram em borbotões, lágrimas de amor calado, e irremediável desespero. Fortunato, à porta, onde ficara, saboreou tranquilo essa explosão de dor moral que foi longa, muito longa, deliciosamente longa.

BRAM STOKER

A SELVAGEM

Nuremberg não era tão visitada na época quanto passou a ser desde então. Irving ainda não estava em cena com o *Fausto*, e a grande maioria dos viajantes mal ouvira falar na velha cidade. Estando minha esposa e eu na segunda semana de nossa lua de mel, era natural que quiséssemos a companhia de outra pessoa, de forma que quando o animado desconhecido Elias P. Hutcheson, proveniente de Isthmian City, Bleeding Gulch, Maple Tree County, Nebrasca, apareceu na estação de Frankfurt e comentou casualmente que estava indo visitar o diacho da cidade mais velha e matusalênica que existia nas Oropias, mas que suspeitava que fazer uma viagem tão longa sozinho pudesse ser o bastante para mandar qualquer cidadão ativo e inteligente para a ala dos melancólicos de uma casa de alienados, aproveitamos a deixa daquela sutil indireta e sugerimos unir forças. Descobrimos, ao trocar impressões mais tarde, que tínhamos os dois pretendido falar com certa reserva ou hesitação para não parecermos ávidos demais, o que não seria uma indicação muito lisonjeira do sucesso de nossa vida de casados. O efeito, contudo, foi inteiramente arruinado pelo fato de nós dois começarmos a falar ao mesmo tempo, calarmo-nos simultaneamente e logo depois começarmos a falar juntos outra vez. Enfim, não importa de que forma, o caso é que o convite foi feito e Elias P. Hutcheson tornou-se nosso companheiro de viagem. Logo, logo Amelia e eu sentimos o resultado benéfico dessa inclusão; em vez de brigarmos, como vínhamos fazendo, descobrimos que a influência inibidora de uma terceira pessoa era tal que passamos a aproveitar toda e qualquer oportunidade para namorar em cantos escondidos. Amelia conta que desde então, movida por essa experiência, vem aconselhando todas as suas amigas a levarem um amigo para a lua de mel. Bem, nós "fizemos" Nuremberg juntos e posso dizer que nos divertimos bastante com os comentários espirituosos de nosso amigo transatlântico, que, por seu jeito exótico de falar e maravilhoso estoque de aventuras, bem podia ter saído de um romance. De todos os pontos de interesse da cidade, deixamos para visitar por último o Kaiserburg, e no dia marcado para a visita circundamos a pé a muralha externa da cidade pelo lado oriental.

Situado no alto de um rochedo que domina a cidade, o Kaiserburg é protegido ao norte por um fosso profundíssimo. Nuremberg teve a sorte de nunca ter sido saqueada; tivesse sido, por certo não estaria em tão perfeito estado de conservação como está atualmente. O fosso não é usado há séculos, e agora sua base está coberta de canteiros de ervas de chá e de pomares, alguns com árvores de tamanho bastante respeitável. Enquanto contornávamos a muralha, caminhando sem pressa sob o sol quente de julho, volta e meia parávamos para admirar as paisagens que se estendiam diante de nossos olhos, em especial a enorme planície coberta de vilas e povoados e demarcada por uma linha azul de colinas, como uma paisagem de Claude Lorraine. De lá, nossos olhos sempre se voltavam com renovado prazer para a cidade em si, com sua miríade de graciosas cumeeiras antigas e vastos telhados vermelhos pontilhados de lucarnas, camada sobre camada. À direita, a uma pequena distância, erguiam-se as torres do Kaiserburg e, mais perto ainda, soturna, a Torre de Tortura, que era, e talvez ainda seja, o lugar mais interessante da cidade. Por séculos, a fama da Virgem de Ferro de Nuremberg foi sendo transmitida de geração em geração como um exemplo dos horrores de crueldade de que o homem é capaz. Havia muito ansiávamos por conhecê-la e, agora, enfim, lá estava a sua casa.

Numa de nossas paradas debruçamo-nos sobre o muro do fosso e olhamos lá para baixo. Os canteiros pareciam estar quase vinte metros abaixo de nós, e o sol que se derramava sobre eles produzia um calor intenso e imóvel como o de um forno. Mais além, erguia-se a lúgubre muralha cinza, que parecia elevar-se numa altura sem fim e estender-se à direita e à esquerda até sumir de vista nos ângulos do bastião e da contraescarpa. Árvores e arbustos coroavam a muralha e, mais acima, avultavam as casas majestosas, em cuja imponente beleza o Tempo só fizera impor a mão da aprovação. O sol estava quente e nós com preguiça; o tempo era todo nosso, e nos deixamos ficar, debruçados sobre o muro. Bem embaixo, avistamos uma bela cena: uma enorme gata preta tomava sol espichada no chão, enquanto um minúsculo filhotinho preto brincava e cabriolava em volta dela. A mãe abanava o rabo para lá e para cá para que o filhotinho tentasse pegá-lo, ou levantava as patas e empurrava o animalzinho para trás como estímulo à brincadeira. Eles estavam bem próximos do muro, e Elias P. Hutcheson, no intuito de colaborar com a brincadeira, inclinou-se e arrancou do muro uma pedra de tamanho mediano.

"Olhem!", disse "vou jogar esta pedra perto do filhote e os dois vão ficar tontos tentando descobrir de onde ela veio."

"Ah, tome cuidado", disse minha esposa, "o senhor pode acabar acertando o bichinho!"

"Eu? Eu não, dona", disse Elias P., "pois se eu sou mais delicado do que uma cerejeira do Maine! Valha-me Deus! Eu seria tão incapaz de machucar aquela pobre criaturinha quanto de escalpelar um bebê. Pode apostar sua roupa do corpo nisso! Olhe, vou soltar a pedra longe do muro, que é pra ela não cair perto do bichano."

Assim dizendo, inclinou-se para a frente, esticou bem o braço para o lado de fora e deixou a pedra cair. Pode ser que exista alguma força de atração que puxe os corpos menores de encontro aos maiores ou pode ser também — o que é mais provável — que o muro não fosse reto, e sim mais largo na base, e nós, de cima, não tivéssemos notado a inclinação; o fato é que a pedra caiu, com um baque nauseante que veio subindo até nós pelo ar quente, bem na cabeça do filhote, estraçalhando seus miolinhos na mesma hora. A gata preta rapidamente olhou para cima e vimos seus olhos, que mais pareciam chamas verdes, cravarem-se por um instante em Elias P. Hutcheson. Em seguida ela voltou a atenção para o filhote, que, a não ser por um leve tremor dos membros pequeninos, jazia imóvel no chão, enquanto um fio vermelho de sangue escorria de uma ferida aberta. Com um gemido estrangulado, como o que um ser humano poderia soltar, a gata se inclinou sobre o filhote, lambendo-lhe as feridas e miando. De repente, pareceu se dar conta de que ele estava morto e mais uma vez olhou para o alto, na nossa direção. Nunca vou me esquecer daquela visão, pois a gata parecia a perfeita encarnação do ódio. Seus olhos verdes faiscavam de forma sinistra e os dentes brancos e afiados pareciam quase reluzir em meio ao sangue que lhe besuntara a boca e os bigodes. Rangeu os dentes e arreganhou as garras, que saltaram hirtas de dentro de todas as suas patas. Em seguida, lançou-se desatinada muro acima como para nos alcançar, mas, perdendo o impulso, caiu para trás, o que contribuiu para piorar ainda mais sua aparência terrível, pois caiu em cima do filhote e, quando se levantou, tinha o pelo preto coberto de miolos e sangue. Amelia perdeu a cor e as forças e tive de retirá-la do parapeito e afastá-la do muro. Havia um banco ali perto, à sombra de uma árvore frondosa, onde fiz com que se sentasse para recompor-se. Depois voltei para perto de Hutcheson, que olhava imóvel para a gata enraivecida lá embaixo.

Quando parei a seu lado, ele disse:

"Bom, acho que essa deve ser a fera mais bravia que já vi na vida, tirante só quando uma selvagem apache estava enfuriada com um mestiço em quem eles puseram o apelido de Estilha por causa do tratamento que ele deu pro piá dela, que ele roubou num saqueio, só para mostrar o quanto ele estava agradecido pelo modo como eles tinham aplicado a tortura do fogo na mãe dele. Ela tinha esse mesmo tipo de carantonha tão entranhada na cara dela que parecia até que tinha nascido assim. Ela seguiu o Estilha por mais de três anos, até que os guerreiros pegaram ele e entregaram pra ela. Mas eles disseram que nunca nenhum homem, nem branco nem índio, tinha demorado tanto tempo pra bater as botas debaixo das torturas dos apaches. A única vez que vi aquela selvagem sorrir foi quando acabei com a raça dela. Cheguei ao acampamento no tempo justinho de ver o Estilha abotoar e posso dizer que ele também não ficou triste de ir, não. Era um cidadão tinhoso, e mesmo que eu não pudesse nunca mais apertar a mão dele por causa daquela história do piá — porque foi um troço feio, no duro que foi, e ele devia ter se comportado feito um homem branco, porque era isso que ele parecia ser —, eu vi que as contas dele estavam mais do que acertadas. Deus que me perdoe, mas peguei um pedaço do couro dele de um dos mastros em que ele tinha sido esfolado e mandei fazer uma carteira. Aliás, ela está bem aqui!" — concluiu, batendo no bolso interno do paletó.

Enquanto ele falava, a gata continuava em seus esforços frenéticos para escalar o muro. Tomava distância e depois saía em disparada muro acima, às vezes alcançando alturas inacreditáveis. Parecia não se importar com os tombos feios que levava depois de cada tentativa, lançando-se sempre com novo vigor à empreitada; e a cada tombo sua aparência ficava ainda mais terrível. Hutcheson era um homem de bom coração — minha esposa e eu já havíamos testemunhado pequenos atos de generosidade seus tanto com animais quanto com pessoas — e parecia preocupado com o estado de fúria em que a gata se encontrava.

"Ora, ora!", disse ele, "não há como negar que essa pobre criatura parece bastante desesperada. Pronto, pronto, bichana, tudo não passou de um acidente, apesar de que nada vai trazer o seu filhote de volta. Diacho! Deus sabe que eu não queria que isso acontecesse! Só serve para mostrar o que um idiota desastrado é capaz de fazer quando tenta brincar! Parece que sou estabanado demais até para brincar com um gato. Diga, coronel (ele tinha o afável costume de distribuir títulos livremente), sua esposa não está zangada comigo por causa dessa infelicidade, está? Eu não queria de jeito nenhum que uma coisa dessas acontecesse."

Hutcheson foi até Amelia e desculpou-se profusamente, e ela, com sua amabilidade habitual, apressou-se em assegurar-lhe que entendia perfeitamente que fora um acidente.

A gata, não vendo mais o rosto de Hutcheson, afastara-se do muro e estava sentada no meio do fosso, apoiada sobre as patas traseiras, como que pronta para saltar. De fato, no mesmo instante em que o viu, saltou, com uma fúria cega e desatinada que teria sido grotesca se não fosse tão assustadoramente real. Não tentou escalar o muro como das outras vezes, mas simplesmente atirou-se na direção de Hutcheson como se o ódio e a fúria pudessem emprestar-lhe asas para atravessar a enorme distância que havia entre os dois. Amelia, como qualquer mulher em seu lugar, ficou muito preocupada e disse a Elias P. em tom de advertência:

"O senhor precisa tomar muito cuidado. Esse animal tentaria matá-lo se estivesse aqui. Está escrito nos olhos dela que ela quer assassiná-lo."

Hutcheson soltou uma gargalhada bem-humorada.

"Desculpe, dona, mas não posso deixar de rir. Imagine um homem que já lutou contra ursos e contra índios tomando cuidado para não ser assassinado por uma gata!"

Quando a gata ouviu a risada de Hutcheson, sua atitude pareceu se transformar. Não tentou mais dar saltos nem escalar o muro, mas saiu andando em silêncio e, sentando-se de novo ao lado do filhote morto, começou a lambê-lo e a acariciá-lo como se ainda estivesse vivo.

"Está vendo!", observei. "É o poder de um homem verdadeiramente forte. Mesmo esse animal, em meio a sua fúria, reconhece a voz de um líder e se curva diante dele!"

"Como uma selvagem!", foi o único comentário de Elias P. Hutcheson, enquanto retomávamos o caminho ao redor do fosso da cidade. De vez em quando olhávamos por cima do muro e, sempre que o fazíamos, víamos a gata nos seguindo. No início ela voltava a todo momento para perto do filhote morto, mas quando a distância se tornou grande demais pegou-o na boca e assim seguiu. Depois de algum tempo, no entanto, abandonou a ideia, pois vimos que ela nos seguia sozinha; tinha, obviamente, escondido o corpo em algum lugar. Amelia, diante da persistência da gata, foi ficando cada vez mais aflita e mais de uma vez repetiu sua advertência ao americano, mas ele sempre ria e achava graça, até que, ao perceber que Amelia estava começando a ficar nervosa, disse:

"Eia, dona, não precisa ter medo por causa da gata. Eu ando sempre prevenido, ora se não!", declarou, batendo no coldre onde guardava a pistola, na parte de trás da região lombar. "Arre, se é pra dona ficar nervosa desse jeito, prefiro dar logo um tiro na criatura aqui mesmo e correr o risco de a polícia abordar um cidadão dos Estados Unidos por carregar uma arma contra a lei!" Enquanto falava, olhou por cima do muro, mas a gata, ao vê-lo, soltou uma espécie de rosnado, correu para um canteiro de flores altas e se escondeu. Hutcheson continuou: "Raios me partam se essa criatura não tem mais noção do que é melhor para ela do que muito cristão. Acho que foi a última vez que pusemos os olhos nela. Aposto que agora vai voltar para aquele filhote arrebentado e fazer um funeral particular para ele, todinho dela!".

Amelia achou melhor não dizer mais nada, temendo que Hutcheson, numa tentativa equivocada de ser gentil, cumprisse a ameaça de atirar na gata. Assim, continuamos em frente e atravessamos a pequena ponte de madeira que levava ao portal por onde se chegava à íngreme pista pavimentada que ligava o Kaiserburg à Torre de Tortura pentagonal. Ao atravessar a ponte, vimos a gata de novo, bem embaixo de nós. Quando nos viu, ela pareceu encher-se outra vez de fúria e fez esforços desesperados para subir o muro alcantilado. Vendo-a lá embaixo, Hutcheson riu e disse:

"Até mais ver, minha velha. Sinto muito ter ferido seus sentimentos, mas com o tempo você vai superar isso. Adeus!" E então nós três atravessamos a longa e sombria arcada e chegamos ao portão do Kaiserburg.

Quando nos vimos novamente do lado de fora, depois da visita àquele belíssimo lugar antigo que nem mesmo os bem-intencionados esforços dos restauradores góticos de quarenta anos atrás conseguiram estragar — muito embora a restauração feita por eles ainda tivesse, na época, um branco ofuscante —, parecíamos já ter esquecido quase por completo o episódio desagradável da manhã. A velha tília, com seu grandioso tronco retorcido pela passagem de quase nove séculos, o poço profundo aberto no coração da pedra pelos cativos de outros tempos e a linda vista que se abria do alto da muralha, de onde ouvimos, ao longo de quase quinze minutos, as badaladas dos inúmeros carrilhões da cidade, tudo contribuiu para apagar de nossa mente o incidente do gatinho morto.

Fomos os únicos visitantes a entrar na Torre de Tortura naquela manhã — ou pelo menos assim nos disse o velho zelador — e, como tínhamos o lugar todo para nós, pudemos observá-lo mais minuciosa e satisfatoriamente do que teria sido possível com outras pessoas presentes. O zelador, vendo em nós sua única fonte de rendimentos naquele dia, estava disposto a fazer de tudo para atender a nossos desejos. A Torre de Tortura é de fato um lugar tenebroso, mesmo agora que os muitos milhares de visitantes já injetaram ali uma torrente de vida — e da alegria que a acompanha. Na época a que me refiro, no entanto, o local tinha o aspecto mais sombrio e sinistro que se possa imaginar. A poeira de várias eras parecia ter se depositado ali, e as memórias do lugar, feitas de trevas e horrores, pareciam ter se tornado de tal forma vivas que teriam agradado às almas panteístas de Fílon ou de Spinoza. O andar mais baixo, por onde entramos, aparentemente vivia tomado, em seu estado normal, por um breu tão absoluto que parecia a própria escuridão encarnada. Mesmo a luz do sol forte que penetrava pela porta aberta parecia perder-se na vasta espessura das paredes e iluminava apenas a alvenaria — uma alvenaria ainda tão áspera como quando os andaimes dos construtores foram desmontados, mas coberta de poeira e marcada aqui e ali por manchas escuras que, se paredes pudessem falar, relatariam suas próprias lembranças terríveis de medo e dor. Foi com alívio que nos dirigimos à empoeirada escada de madeira. O zelador deixara a porta externa aberta para iluminar um pouco mais o caminho, pois, para nossos olhos, a solitária vela de pavio longo e fedorenta enfiada num castiçal preso à parede oferecia uma luz insuficiente. Quando, atravessando um alçapão aberto, saímos num canto do pavimento superior, Amelia agarrou-se a mim com tanta força que cheguei a sentir as batidas de seu coração. Devo dizer, de minha parte, que o medo de minha esposa não me surpreendeu, pois aquele salão era ainda mais aterrorizante do que o do andar inferior. Aqui havia sem dúvida mais luz, mas apenas o suficiente para que pudéssemos vislumbrar os terríveis contornos do que nos cercava. Os construtores da torre tinham, evidentemente, pretendido que apenas aqueles que alcançassem o topo pudessem usufruir das alegrias proporcionadas pela luz e pela paisagem. Lá, como notáramos pelo lado de fora, havia inúmeras janelas, ainda que de uma pequenez medieval, mas em todo o resto da torre só o que havia eram raras e estreitas seteiras, como era comum nas edificações de defesa medievais. Apenas algumas dessas seteiras iluminavam o salão em que nos encontrávamos, mas estavam posicionadas tão no alto que de lugar nenhum era possível divisar o céu através da grossura das paredes. Em armeiros, e apoiados em desordem contra as paredes, havia diversos machados de decapitação, ou "espadas do carrasco", enormes armas de cabo longo, lâminas largas e gumes afiados. Bem perto viam-se os cepos sobre os quais os pescoços das vítimas eram apoiados, com entalhes profundos aqui e ali, nos lugares em que o aço atravessara a barreira de carne e rompera a madeira. Ao redor do salão, dispostos das formas mais irregulares, encontravam-se inúmeros instrumentos de tortura que, só de olhar, davam um aperto no coração — cadeiras cheias de espetos capazes de causar dores instantâneas e lancinantes; leitos e cadeiras cravejados de pinos de ponta arredondada que pareciam provocar tormentos comparativamente menores, mas que, embora mais lentos, eram igualmente eficazes; potros, cintos, botas, luvas, coleiras, todos feitos para comprimir à vontade; cestos de aço em que cabeças podiam ser lentamente esmagadas até virar polpa, se necessário; ganchos de sentinela, de cabo comprido e lâmina afiada para vencer toda e qualquer resistência — uma especialidade da antiga polícia de Nuremberg; e uma infinidade de outros dispositivos feitos para o homem ferir o homem. Amelia ficou lívida de horror diante daquelas coisas, mas felizmente não desmaiou, pois, sentindo-se um pouco tonta, acabou por sentar-se numa cadeira de tortura, da qual se levantou de um salto e com um grito, deixando de lado, na mesma hora, qualquer inclinação para o desmaio. Nós dois fizemos de conta que fora o estrago causado a seu vestido pela poeira da cadeira e pelos espetos enferrujados que a havia perturbado, e o sr. Hutcheson teve a gentileza de aceitar a explicação com uma risada carinhosa.

O objeto principal, no entanto, de todo aquele salão de horrores era a máquina conhecida como Virgem de Ferro, que se encontrava perto do centro da sala. Era toscamente construída no formato de uma figura de mulher, algo semelhante a um sino ou, para oferecer uma comparação mais próxima, na forma da sra. Noé da Arca das crianças, mas sem a cintura esbelta e os quadris perfeitamente arredondados que caracterizam o tipo estético da família Noé. Na verdade, dificilmente alguém identificaria uma figura humana no formato daquele objeto não fosse o ferreiro ter moldado no alto da parte da frente um arremedo de rosto de mulher. A máquina estava coberta de ferrugem e poeira. Uma corda amarrada a um aro fixado na parte frontal da figura, perto de onde a cintura deveria estar, passava por uma roldana presa à trave de madeira que sustentava o teto. Puxando essa corda, o zelador mostrou que uma seção da parte da frente era, na verdade, uma porta, presa de um lado por uma dobradiça. Vimos, então, que as paredes da máquina eram consideravelmente espessas, deixando do lado de dentro apenas espaço suficiente para um homem. A porta era igualmente grossa e extremamente pesada, pois, mesmo com a ajuda do dispositivo da roldana, o zelador precisou de toda a sua força para abri-la. Esse peso colossal devia-se em parte ao fato de a porta ter sido propositalmente instalada de modo que seu peso a empurrasse para baixo, o que fazia com que se fechasse sozinha quando a corda era solta. O interior da máquina estava todo corroído de ferrugem — não, pior, pois a ferrugem que advém apenas da passagem do tempo dificilmente teria carcomido tão profundamente as paredes de ferro; não, a corrosão daquelas manchas cruéis era muito mais profunda! No entanto, foi só quando examinamos a parte interna da porta que o propósito diabólico da máquina se revelou por completo. Ali havia vários espetos, quadrados e imensos, largos na base e afiados na ponta, posicionados de tal forma que, quando a porta se fechava, os de cima perfuravam os olhos da vítima e os de baixo seu coração e órgãos vitais. A visão daquilo foi demais para a pobre Amelia, que dessa vez perdeu os sentidos por completo, e precisei então carregá-la escada abaixo e sentá-la num banco do lado de fora até que se recuperasse. Que seu choque foi profundo ficou mais tarde comprovado pelo fato de meu filho mais velho carregar até hoje um grosseiro sinal de nascença no peito, que, por consenso familiar, foi aceito como uma marca da Virgem de Nuremberg.

Quando voltamos ao salão, encontramos Hutcheson ainda parado diante da Virgem de Ferro; estivera evidentemente filosofando e, agora, compartilhava suas ruminações conosco como numa espécie de exórdio.

"Bom, acho que aprendi alguma coisa por aqui enquanto a dona estava se recuperando do desmaio. Tenho a impressão de que estamos um bocado atrasados no tempo, lá do nosso lado do oceano. Todo mundo lá nas planícies acha que são os índios que dão as cartas quando se trata de fazer um homem se sentir desconfortável, mas desconfio que a velha polícia medieval de vocês ganharia dos índios com um pé nas costas, nesse departamento. O Estilha até que não se saiu mal na cartada dele contra a selvagem, mas essa jovem senhora aqui ganharia dele com um *straight flush* se estivesse no jogo. As pontas desses espetos ainda estão bem afiadas, embora até as beiradas estejam carcomidas pelo que costumava ficar nelas. Não seria nada mau se o nosso departamento de índios arranjasse alguns exemplares desse brinquedinho aqui para mandar para as reservas, só para acabar com a empáfia dos selvagens, e das fêmeas deles também, mostrando como a velha civilização bota todos eles no chinelo. Acho que vou entrar nessa caixa um instante, só para ver qual é a sensação."

"Ah, não! Não faça isso!", disse Amelia. "É terrível demais!"

"Pois eu acho, dona, que nada é terrível demais para uma mente curiosa. Eu já estive em muito lugar esquisito no meu tempo. Passei uma noite dentro de um cavalo morto enquanto um incêndio queimava todo o prado à minha volta no território de Montana e, numa outra ocasião, dormi dentro de um búfalo morto quando os comanches partiram para a guerra e eu não estava muito disposto a deixar o meu cartão de visitas com eles. Passei dois dias dentro de um túnel desmoronado na mina de ouro de Billy Broncho, no Novo México, e fui um dos quatro sujeitos que ficaram presos quase um dia inteiro dentro de um caixão flutuante que tombou de lado quando estávamos deitando as fundações da Buffalo Bridge. Nunca fugi de uma experiência esdrúxula e não vai ser agora que vou começar!"

Como vimos que ele estava mesmo decidido a fazer o experimento, eu disse:

"Bom, então ande logo, amigo velho, e acabe com isso de uma vez!"

"Pois não, general", disse ele, "mas acho que ainda não estamos prontos. Os cavalheiros, meus predecessores, que foram parar aí dentro dessa lata não se ofereceram para ocupar o posto por livre e espontânea vontade, não mesmo! Tenho a impressão de que eles eram lindamente amarrados antes que o grande golpe fosse desferido. Se quero fazer a coisa como manda o figurino, tenho que ser devidamente preparado. Aposto que o nosso velho zé-das-portas aqui pode arranjar um pedaço de corda e me amarrar bem amarradinho, não pode não?"

A pergunta foi dirigida ao velho zelador, mas ele, que compreendia o sentido geral da fala de Hutcheson, embora talvez não pudesse apreciar toda a riqueza das nuanças dialetais e das imagens, sacudiu a cabeça, fazendo que não. Sua recusa, no entanto, foi apenas formal e feita para ser contornada. O americano meteu uma moeda de ouro na mão do zelador e disse:

"Tome aqui, parceiro! A bolada é sua. E não precisa ficar espavorido, não, que ninguém aqui está pedindo para você ajudar a estripar ninguém!" O zelador então trouxe uma corda fina e puída e começou a amarrar nosso companheiro de viagem com a firmeza necessária. Quando a parte superior de seu corpo já estava amarrada, Hutcheson disse:

"Espere um instante, juiz. Acho que sou pesado demais para você me carregar pra dentro da lata. Deixe eu ir andando até lá primeiro, depois você termina o serviço nas minhas pernas."

Enquanto dizia isso, Hutcheson foi se enfiando na abertura da máquina, que era a conta justa de seu corpo. Sem dúvida, o espaço era exíguo para alguém do seu tamanho. Amelia observava tudo com olhos que transbordavam de medo, mas não quis dizer nada. O zelador concluiu a tarefa amarrando os pés do americano bem unidos um ao outro, de forma que Hutcheson estava agora absolutamente impotente e fixo em sua prisão voluntária. Parecia estar se deliciando com a experiência, e o sorriso incipiente que era habitual em seu rosto desabrochou por inteiro quando ele disse:

"Esta Eva aqui só pode ter sido feita da costela de um anão! O espaço aqui dentro é mísero para um cidadão adulto dos Estados Unidos se encafuar. A gente costuma fazer caixões de defunto mais espaçosos lá no território do Idaho. Agora, juiz, você vai começar a descer essa porta, devagar, em cima de mim. Quero sentir o mesmo prazer que os outros mequetrefes sentiam quando os espetos começavam a avançar para os olhos deles!"

"Ah, não! não! não!", interveio Amelia, histérica. "É horrível demais! Não vou suportar ver uma coisa dessas! Não vou! Não vou!" Mas o americano estava irredutível.

"Escute, coronel", disse ele, "por que você não leva a patroa para dar uma voltinha? Eu não magoaria os sentimentos dela por nada neste mundo, mas agora que já estou aqui, depois de viajar quase treze mil quilômetros pra chegar a este lugar, não acha que seria cruel demais ser obrigado a desistir justo da experiência que eu estava seco de vontade de fazer? Não é sempre que um homem tem a oportunidade de se sentir feito comida enlatada! Eu e o nosso juiz aqui vamos liquidar esse assunto em dois tempos, e aí vocês dois vão poder voltar e nós vamos rir juntos disso tudo!"

Mais uma vez, a resolução que nasce da curiosidade venceu e Amelia decidiu ficar, agarrando-se com força ao meu braço e tremendo de nervoso, enquanto o zelador ia soltando lentamente, centímetro por centímetro, a corda que mantinha aberta a porta de ferro. A expressão de Hutcheson estava definitivamente radiante enquanto seus olhos acompanhavam os primeiros movimentos dos espetos.

"Bom!", disse ele, "acho que não me divirto assim desde que saí de Nova York. Tirante um arranca-rabo com um marinheiro francês lá em Wapping, que aliás também não foi nenhum piquenique no parque, ainda não tinha tido nem uma mísera chance de me divertir de verdade neste continente desgramado, que não tem nem urso nem índio e onde homem nenhum carrega uma arma pra se defender. Devagar aí, juiz! Não me apresse esse negócio! Quero fazer valer o dinheiro que botei nesse jogo, ora se quero!"

O zelador devia ter nas veias um pouco do sangue de seus predecessores naquela torre macabra, pois sabia manobrar a máquina com uma lentidão tão aflitiva e angustiante que depois de cinco minutos, durante os quais a extremidade externa da porta não se moveu nem a metade desse número em centímetros, Amelia começou a entregar os pontos. Vi seus lábios perderem a cor e senti que já não apertava meu braço com a mesma força. Olhei em volta um instante à procura de um lugar onde pudesse fazê-la sentar-se e, quando olhei para ela de novo, percebi que seus olhos fixavam-se num ponto ao lado da Virgem. Seguindo a direção de seu olhar, vi a gata preta armando o bote, sorrateira. Seus olhos cintilavam como luzes de alerta na escuridão daquele lugar e pareciam ainda mais verdes em contraste com o vermelho das manchas de sangue que ainda cobriam seu pelo e sua boca. Gritei:

"A gata! Cuidado com a gata!", e no mesmo instante ela saltou diante da máquina. Parecia um demônio triunfante. Seus olhos faiscavam ferocidade, o pelo estava tão eriçado que ela parecia ter o dobro de seu tamanho e seu rabo chicoteava o ar como faz o de um tigre diante de uma presa. Quando viu a gata, Elias P. Hutcheson achou graça, e seus olhos definitivamente brilhavam de prazer quando ele disse:

"Raios me partam se essa selvagem não está toda pintada para a guerra! Dê um passa-fora nela se ela quiser vir com gracinha pra cima de mim, porque o chefe aqui me prendeu tão bem prendido que nem que o diabo diga amém eu vou conseguir salvar meus olhos se ela resolver arrancá-los. Vá com calma aí, juiz! Não me solte essa corda, ou estou liquidado!"

Nesse momento, Amelia terminou de desfalecer, e precisei segurá-la pela cintura para que não caísse no chão. Enquanto cuidava de Amelia, vi a gata preta armando outro bote e levantei-me de um salto para enxotar a criatura.

Mas naquele instante, lançando uma espécie de guincho diabólico, a gata arremessou-se não contra Hutcheson, como esperávamos, mas contra o rosto do zelador. Suas garras pareciam dilacerar a esmo, como vemos em gravuras chinesas que retratam um dragão empinado para atacar, e quando olhei outra vez vi uma delas cravar-se bem no olho do pobre homem e rasgá-lo ao descer por sua bochecha, deixando uma grossa listra vermelha do sangue que parecia jorrar de todas as veias.

Com um berro de puro terror, que veio mais rápido até do que sua sensação de dor, o homem saltou para trás, largando a corda que mantinha aberta a porta de ferro. Corri para pegá-la, mas já era tarde: a corda correu como um relâmpago pela roldana e a porta maciça fechou-se, impulsionada pelo próprio peso.

Enquanto a porta se fechava, vi num relance o rosto de nosso pobre companheiro de viagem. Hutcheson parecia paralisado de terror. Olhava para a frente fixamente, com uma medonha expressão de angústia, como que entorpecido, e nenhum som saiu de seus lábios.

Então os espetos fizeram seu trabalho. Felizmente, o fim foi rápido, pois quando, com um puxão violento, consegui abrir a porta, vi que os espetos tinham penetrado tão profundamente que chegaram a ficar presos nos ossos do crânio que haviam transpassado, arrancando Hutcheson — ou o que restara dele — de dentro de sua prisão de ferro até que, amarrado como estava, seu corpo desabou no chão com um baque nauseante, de rosto virado para cima.

Corri para minha esposa, peguei-a no colo e a carreguei para longe dali, pois temia por sua razão se ela acordasse do desmaio e deparasse com uma cena como aquela. Deixei-a no banco do lado de fora e corri de volta para dentro. Encostado à coluna de madeira estava o zelador, gemendo de dor e segurando um lenço ensanguentado sobre os olhos. E, sentada na cabeça do pobre americano, estava a gata, ronronando alto enquanto lambia o sangue que escorria das órbitas vazadas de Hutcheson.

Creio que ninguém irá me chamar de cruel por ter pegado uma das espadas dos antigos carrascos e partido a gata ao meio ali mesmo onde ela estava sentada.

Tradução de Sonia Moreira

GUY DE MAUPASSANT

A MÃO

Formava-se um círculo em torno do sr. Bermutier, juiz de instrução, que dava sua opinião sobre o misterioso caso de Saint-Cloud. Havia um mês, aquele crime inexplicável enlouquecia Paris. Ninguém entendia.

O sr. Bermutier, em pé, de costas para a lareira, falava, juntava as provas, discutia as diversas posições, mas não chegava a uma conclusão.

Várias mulheres tinham se levantado para chegar mais perto e permaneciam em pé, o olhar fixo na boca do bem barbeado magistrado, de onde saíam as graves palavras. Arrepiavam-se, estremeciam, crispadas pelo medo curioso, pela ávida e insaciável necessidade de pavor que lhes atormenta a alma, que as tortura como uma fome.

Uma delas, mais pálida do que as outras, disse durante um silêncio:

"É horrível. Isso alcança o sobrenatural. Nunca vai-se saber nada."

O magistrado virou-se para ela:

"Sim, madame, é provável que nunca se saiba nada. Quanto à palavra 'sobrenatural' que a senhora acaba de empregar, ela não tem nada o que fazer aqui. Estamos na presença de um crime muito habilmente concebido, muito habilmente executado, tão cercado de mistério que não podemos separá-lo das circunstâncias incompreensíveis que o cercam. Mas há algum tempo acompanhei um processo onde de fato parecia se misturar alguma coisa de fantástico. Aliás, foi preciso abandoná-lo, por falta de meios para esclarecê-lo."

Várias mulheres disseram ao mesmo tempo, tão rápido que suas vozes formaram apenas uma:

"Oh! Conte-nos isso."

O sr. Bermutier sorriu com gravidade, como deve sorrir um juiz de instrução. E recomeçou:

"Só não vão pensar que eu tenha, mesmo que por um só instante, podido supor alguma coisa de sobre-humano nessa aventura. Acredito apenas nas causas normais. Mas se em vez de empregarmos a palavra 'sobrenatural' para exprimir o que não compreendemos, nos servíssemos simplesmente da palavra 'inexplicável', seria muito melhor. De qualquer maneira, no caso que vou lhes contar, são sobretudo as circunstâncias do entorno, as circunstâncias preparatórias que me sensibilizaram. Enfim, aqui estão os fatos."

Eu era, então, juiz de instrução em Ajaccio, uma pequena cidade branca deitada à beira de um golfo admirável que altas montanhas cercam por todos os lados.

O que eu tinha para acompanhar lá, principalmente, eram os

processos de vendeta. E há soberbos casos de vendeta, dramáticos ao extremo, ferozes, heroicos. Encontramos ali os mais belos temas de vingança que se possa imaginar, ódios seculares, apaziguados por um momento, jamais extintos, ardis abomináveis, assassinatos que se tornam massacres e quase que atos gloriosos. Fazia dez anos que eu só ouvia falar do preço do sangue, desse terrível preceito corso que obriga a vingança de toda a injúria contra a pessoa que a praticou, contra seus descendentes e seus próximos. Eu tinha visto degolarem velhos, crianças, primos, estava com a cabeça cheia dessas histórias.

Ora, um dia soube que um inglês acabava de alugar por vários anos uma pequena vivenda no fundo do golfo. Trouxera com ele um empregado francês, apanhado de passagem em Marselha.

Rapidamente todo mundo voltou suas atenções para aquele personagem singular, que vivia sozinho em sua casa, saindo apenas para caçar e pescar. Não falava com ninguém, não vinha nunca à cidade, e todas as manhãs se exercitava durante uma hora ou duas dando tiros de pistola ou carabina.

Criaram-se lendas sobre ele. Afirmavam que era uma figura importante fugindo de sua pátria por razões políticas; depois asseguraram que se escondia após ter cometido um crime pavoroso. Citavam até algumas circunstâncias particularmente horríveis.

Na qualidade de juiz de instrução, desejei obter algumas informações sobre aquele homem; mas me foi impossível descobrir qualquer coisa. Ele se fazia chamar sir John Rowell.

Contentei-me, então, em vigiá-lo de perto; mas na verdade não me apontavam nada de suspeito em relação a ele.

Porém, como os rumores a seu respeito continuavam, cresciam, tornavam-se generalizados, resolvi tentar, eu mesmo, me encontrar com aquele estrangeiro, e pus-me a caçar regularmente nas cercanias de sua propriedade.

Esperei durante muito tempo uma ocasião. Ela se apresentou, enfim, sob a forma de uma perdiz em que atirei e matei diante do nariz do inglês. Meu cachorro foi buscá-la; mas, assim que apanhei a caça, fui me desculpar de minha inconveniência e pedir a sir John Rowell que aceitasse o pássaro abatido.

Era um homem grande, de cabelo vermelho, barba vermelha, muito alto, muito largo, uma espécie de hércules plácido e cortês. Não tinha nada da rigidez dita britânica, e agradeceu vivamente minha delicadeza num francês com o sotaque do além-Mancha. Ao cabo de um mês, tínhamos conversado por umas cinco ou seis vezes.

Uma tarde, quando passava em frente à sua porta, eu o vi fumando cachimbo, acavalado numa cadeira no jardim. Cumprimentei-o e ele me convidou para entrar e beber um copo de cerveja. Não o fiz repetir o convite.

Ele me recebeu com toda a meticulosa cortesia inglesa, falou elogiosamente da França, da Córsega, declarou que amava *esta* país, e *este* costa.

Então, com grande cautela e demonstrando muito interesse, fiz algumas perguntas sobre sua vida, sobre seus projetos. Ele respondeu sem embaraço, contou que tinha viajado muito, pela África, Índias, América. E acrescentou, rindo:

"Eu teve muito aventuras, oh! yes."

Em seguida recomecei a falar sobre caça, e ele me forneceu os mais curiosos detalhes sobre a caça ao hipopótamo, ao tigre, ao elefante e até mesmo sobre a caça ao gorila.

Eu disse:

"São todos animais perigosos."

Ele sorriu:

"Oh! nou, o mais mau é a homem."

Ele se pôs a rir de fato, um bom riso de inglês grande e contente:

"Eu caçou muita homem também."

Em seguida falou sobre armas e me propôs passar ao interior da casa para me mostrar fuzis de diversos sistemas.

Sua sala era forrada de preto, de seda preta bordada com fios de ouro. Grandes flores amarelas espalhavam-se no tecido escuro, brilhavam como fogo.

Ele anunciou:

"É uma fazenda japonesa."

Mas no meio do painel mais largo, algo estranho atraiu meu olhar. Sobre um quadrado de veludo vermelho, um objeto negro se destacava. Aproximei-me: era uma mão, a mão de um homem. Não a mão de um esqueleto, branca e limpa, mas uma mão escura, ressequida, com as unhas amarelas, os músculos à vista e manchas de sangue velho, sangue parecido com uma camada de sujeira sobre os ossos cortados reto, como se por um golpe de machado, mais ou menos na metade do antebraço.

Em torno do punho, uma enorme corrente de ferro, fixada com rebites, soldada àquele membro imundo, prendia-o à parede por meio de um aro suficientemente forte para manter um elefante amarrado.

Perguntei:

"O que é isso?"

O inglês respondeu tranquilamente:

"Foi minha melhor inimigo. Veio da América. Foi partido com

o sabre e a pele arrancada com um pedra afiado, e seco no sol durante oito dias. Aoh, esta é muito boa para mim."

Toquei aquele resto humano que devia ter pertencido a um gigante. Os dedos, exageradamente longos, estavam presos por tendões enormes que conservavam aqui e ali umas tiras de pele. Era horrível ver aquela mão esfolada daquele jeito; levava a pensar naturalmente em alguma vingança selvagem.

Eu disse:

"Este homem devia ser muito forte."

O inglês pronunciou com brandura:

"Aoh yes; mas eu fui mais forte do que ele. Coloquei essa corrente para segurá-lo."

Pensei que ele brincava. E disse:

"Mas a corrente agora é inútil, a mão não vai escapar."

Sir John Rowell replicou gravemente:

"Ela sempre quis se safar. Essa corrente é necessária."

Com um rápido olhar, perquiri seu rosto, me perguntando:

"É um louco ou um engraçadinho de mau gosto?"

Mas sua fisionomia permanecia impenetrável, tranquila e indulgente. Mudei de assunto e admirei os fuzis.

Notei, no entanto, que três revólveres carregados estavam dispostos sobre os móveis, como se aquele homem vivesse sob o temor constante de um ataque.

Voltei várias vezes a sua casa. Depois não fui mais. As pessoas se acostumaram com sua presença; ele se tornara indiferente a todos.

Um ano inteiro passou. Pois numa manhã, perto do fim de novembro, meu empregado me despertou anunciando que sir John Rowell tinha sido assassinado durante a noite.

Meia hora mais tarde eu adentrava a casa do inglês com o comissário central e o capitão da guarda. O criado, aturdido e desesperado, chorava à frente da porta. No início desconfiei daquele homem, mas ele era inocente.

Nunca se conseguiu encontrar o culpado.

Ao entrar na sala de sir John, imediatamente vislumbrei o cadáver estendido de costas no meio da peça.

O colete estava rasgado, uma manga pendia arrancada, indicando que uma luta terrível tinha acontecido.

O inglês morrera estrangulado! Seu rosto escuro e inchado, pavoroso, parecia exprimir um terror abominável; ele tinha algo entre os dentes cerrados; e o pescoço, perfurado com cinco buracos que se diria feitos com pontas de ferro, estava coberto de sangue.

Um médico juntou-se a nós. Ele examinou longamente as marcas de dedos na pele e pronunciou estas estranhas palavras:

"Olhando assim, a gente diria que ele foi estrangulado por um esqueleto."

Um arrepio percorreu-me a espinha, e lancei o olhar para a parede, para o lugar onde tinha visto outrora a horrível mão do esfolado. Ela não estava mais lá. A corrente, rebentada, pendia.

Então me abaixei até o morto e encontrei dentro de sua boca crispada um dos dedos da mão desaparecida, cortado, ou melhor, serrado pelos dentes exatamente na altura da segunda falange.

Em seguida procederam-se as averiguações. Nada se descobriu. Nenhuma porta fora forçada, nenhuma janela, nenhum móvel. Os dois cães de guarda não tinham acordado.

Eis, em algumas palavras, o depoimento do empregado:

"Havia um mês, seu patrão parecia agitado. Ele tinha recebido muitas cartas, que foram queimadas à medida que chegavam.

"Muitas vezes, apanhando um chicote, numa cólera que se aproximava da demência, ele batera com furor na mão ressecada, chumbada na parede e retirada, não se sabe como, no momento do crime.

"Ele se deitava muito tarde e se trancava com cuidado. Tinha sempre armas ao alcance. Com frequência, à noite, falava alto, como se brigasse com alguém."

Naquela noite, por acaso, ele não fizera nenhum ruído, e foi somente ao chegar para abrir as janelas que o criado encontrara sir John assassinado. Ele não desconfiava de ninguém.

Comuniquei o que sabia a respeito do morto aos magistrados e aos oficiais do poder público, e procedeu-se em toda a ilha um inquérito minucioso. Nada se descobriu.

Ora, uma noite, três meses depois do crime, tive um pesadelo medonho. Tive a impressão de que eu via a mão, a horrível mão, correr como um escorpião ou como uma aranha pelas cortinas e paredes de casa. Três vezes eu acordei, três vezes voltei a adormecer, três vezes revi o repugnante pedaço galopar em torno de meu quarto, remexendo os dedos como se fossem patas.

No dia seguinte, trouxeram-me o tal pedaço, encontrado no cemitério, sobre o túmulo de sir John Rowell, ali enterrado porque não tínhamos conseguido encontrar sua família. Faltava o indicador.

Eis, senhoras, a minha história. Não sei mais nada além disso.

As mulheres, desorientadas, estavam pálidas, trêmulas. Uma delas exclamou:

"Mas isso não é um desfecho, nem uma explicação! Nós não vamos dormir se o senhor não disser o que se passou, na sua opinião."

O magistrado sorriu com severidade:

"Oh! minhas senhoras, certamente vou frustrar suas terríveis fantasias. Acho simplesmente que o legítimo proprietário da mão não estava morto, que ele foi buscá-la com aquela que lhe restava. Mas, por exemplo, não consegui saber como ele fez isso. Aí está uma espécie de vendeta."

Uma das mulheres murmurou:

"Não, não deve ter sido assim."

E o juiz de instrução, sorrindo sempre, concluiu:

"Eu bem que avisei que minha explicação não seria satisfatória."

Tradução de Amilcar Bettega

ROBERT LOUIS STEVENSON

O RAPA-CARNIÇA

Todas as noites do ano, éramos quatro a ocupar o pequeno reservado do George, em Debenham — o agente funerário, o patrão, Fettes e eu. Às vezes havia mais gente; mas, viesse o que viesse, chuva, neve ou geada, nós quatro não falhávamos, cada qual plantado em sua poltrona de sempre. Fettes era um velho escocês bêbado, obviamente homem de boa formação e de algumas posses também, uma vez que vivia em ócio. Chegara a Debenham anos antes, ainda jovem, e pela mera permanência prolongada se tornara cidadão adotivo. Seu manto de chamalote azul era uma das relíquias locais, ao lado da flecha da igreja. Seu lugar no reservado da estalagem, sua ausência da igreja e seus vícios antigos, crapulosos e indignos eram vistos com naturalidade em Debenham. Tinha algumas opiniões radicais imprecisas e algumas infidelidades passageiras, que de tanto em tanto manifestava e pontuava com murros trêmulos na mesa. Bebia rum — cinco copos de lei, toda noite; e, em sua visita cotidiana ao George, permanecia quase o tempo inteiro sentado, o copo na mão direita, num estado de melancólica saturação alcoólica. Nós o chamávamos Doutor, pois dizia-se que tinha algum conhecimento médico e que, em ocasiões de apuro, tratara de uma fratura ou pusera no lugar um membro deslocado; mas, afora esses parcos detalhes, não sabíamos nada de seu caráter ou de sua vida pregressa.

Certa noite escura de inverno — o relógio dera nove horas pouco antes que o patrão se juntasse a nós —, chegou ao George um homem enfermo, um graúdo proprietário de terras da região, vitimado por uma apoplexia a caminho do Parlamento; e o importantíssimo médico londrino do importante personagem foi convocado por telégrafo para a cabeceira do doente. Era a primeira vez que coisa do gênero acontecia em Debenham, pois a ferrovia só recentemente fora inaugurada, e todos nós ficamos devidamente comovidos com o fato.

"Ele chegou", disse o patrão, abastecido e aceso o cachimbo.

"Ele?", disse eu. "Quem? O médico?"

"Ele mesmo", respondeu nosso anfitrião.

"Como se chama?"

"Dr. Macfarlane", disse o patrão.

Fettes já ia avançado no terceiro copo e estava tonto, atordoado, ora cabeceando, ora olhando fixamente à volta; mas a essa última palavra pareceu despertar e repetiu duas vezes o nome "Macfarlane", baixinho na primeira vez mas com súbita emoção na segunda.

"Exato", disse o patrão, "é esse o nome. Dr. Wolfe Macfarlane."

Fettes ficou sóbrio de um só golpe; os olhos despertaram, a voz soou clara, alta e firme, as palavras enérgicas e graves. Todos nos espantamos com a transformação, como se um homem tivesse se erguido do meio dos mortos.

"Desculpem-me", disse ele, "acho que não estava prestando

muita atenção na conversa. Quem é esse Wolfe Macfarlane?" E, depois de ouvir o patrão até o fim, acrescentou: "Não pode ser, não pode ser... Mas mesmo assim eu gostaria de encontrá-lo frente a frente".

"Você o conhece, Doutor?", perguntou o agente funerário, boquiaberto.

"Deus me livre!", foi a resposta. "Mas esse nome é incomum; seria estranho existirem duas pessoas com o mesmo nome. Diga, patrão, ele é velho?"

"Bem", disse o dono da estalagem, "jovem ele não é, e o cabelo é branco; mas parece mais jovem do que você."

"Mas é mais velho, vários anos mais velho. Além disso", continuou, com um murro na mesa, "o que vocês veem no meu rosto é o rum — o rum e o pecado. Talvez o sujeito tenha consciência leve e boa digestão. Consciência! Logo eu, falando. Para vocês, sou um velho e bom cristão, um homem direito, não é mesmo? Nada disso, não sou; nunca fraquejei. Talvez Voltaire, na minha pele, tivesse fraquejado; mas a inteligência", disse ele, tamborilando na cabeça calva, "a inteligência era clara e alerta, eu via as coisas e não fazia ilações."

"Se você conhece esse médico", arrisquei-me a dizer, depois de uma pausa um tanto penosa, "devo concluir que não partilha da boa opinião do nosso patrão."

Fettes ignorou minhas palavras.

"É", disse, com súbita determinação, "preciso encontrá-lo frente a frente."

Depois de outra pausa, uma porta se fechou com estrépito no andar de cima e ouvimos passos na escada.

"É o doutor", exclamou o patrão. "Depressa, se quiser alcançá-lo."

Não mais que dois passos separavam o reservado da porta da velha estalagem; a larga escadaria de carvalho dava quase na rua; entre a soleira e o último lance de degraus havia espaço para um tapete turco e nada mais; mas todas as noites aquele pequeno espaço era brilhantemente iluminado, não apenas pela luz da escada e pelo grande lampião pendurado debaixo da tabuleta como também pelo reflexo cálido da vidraça do bar. Era assim, luminosamente, que a estalagem se anunciava aos que passavam pela rua fria. Fettes avançou até ali sem vacilar e nós, logo atrás, vimos como os dois homens se encontraram frente a frente, como dissera um deles. O dr. Macfarlane era atento e vigoroso. Seu cabelo branco realçava feições pálidas e serenas, embora intensas. Estava ricamente vestido, com a melhor casimira e o linho mais branco, uma pesada corrente de ouro para o relógio e botões de colarinho e óculos do mesmo material precioso. Envergava uma gravata branca de laço amplo com bolinhas lilases e trazia no braço um confortável capote de pele. Não havia dúvida de que estava em harmonia com sua idade, transpirando riqueza e circunstância; e era um contraste surpreendente ver nosso companheiro beberrão — calvo, sujo, perebento, enfiado em seu velho manto de chamalote — confrontá-lo ao pé da escada.

"Macfarlane!", disse ele, num volume um tanto exagerado, mais como um arauto do que como um amigo.

O doutor figurão estacou no quarto degrau como se a familiaridade da invocação surpreendesse e mesmo chocasse sua dignidade.

"Toddy Macfarlane!", repetiu Fettes.

O homem de Londres quase cambaleou. Por um átimo de segundo fitou o personagem diante dele, olhou para trás numa espécie de susto, depois disse, num sussurro sobressaltado:

"Fettes! Você?!"

"Isso! Eu mesmo!", disse o outro. "Achou que eu também tivesse morrido? Não é tão fácil livrar-se dos conhecidos."

"Fale baixo!", exclamou o médico. "Este encontro assim inesperado... Logo se vê que o tempo passou. Confesso que no primeiro momento mal reconheci você; mas estou radiante, radiante com esta oportunidade. Por enquanto vai ser apenas olá e até logo, minha charrete está à espera e não posso perder o trem; mas você... vejamos... me dê seu endereço, que não demora terá notícias minhas. Temos que fazer alguma coisa por você, Fettes. Temo que esteja passando dificuldade; mas vamos cuidar disso, já que somos bons companheiros, como gostávamos de cantar em nossos jantares de antigamente."

"Dinheiro!", gritou Fettes. "Dinheiro de você! O dinheiro que você me deu continua no lugar onde o joguei, tomando chuva."

O dr. Macfarlane recuperara até certo ponto o ar soberano e confiante, mas a veemência incomum da recusa fez com que recaísse no embaraço inicial.

Um esgar vil, horroroso, dominou e abandonou sua fisionomia quase venerável.

"Meu caro amigo", disse, "você é que sabe; a última coisa que eu desejo é ofendê-lo. Jamais me imporia a ninguém. De todo modo, vou lhe dar meu endereço..."

"Não quero endereço nenhum, não quero saber qual é o teto que cobre a sua cabeça", interrompeu o outro. "Alguém falou seu nome; temi que fosse você; quis saber se, afinal de contas, existe um Deus; agora sei que não há. Fora daqui!"

Fettes continuava no meio do tapete, entre a escada e a porta da rua; e o grande médico de Londres, para escapar dali, seria forçado a dar um passo para o lado. Era evidente que ele hesitava diante da ideia de tamanha humilhação. Branco que estava, via-se uma cintilação perigosa em seus óculos; mas enquanto ele permanecia imóvel, ainda indeciso, percebeu que o condutor de sua charrete espiava da rua a cena incomum e ao mesmo tempo deu por nossa pequena plateia do reservado apinhada no canto do bar. A presença de tantas testemunhas decidiu-o na hora a fugir. Esgueirando-se rente aos lambris, disparou como uma serpente na direção da porta. Mas suas agruras ainda não haviam chegado ao fim, pois, quando já passava por Fettes, este segurou-o pelo braço e pronunciou as seguintes palavras, num sussurro dolorosamente nítido: "Você voltou a ver aquilo?".

O abastado doutor de Londres soltou um grito lancinante, estrangulado; empurrou seu inquisidor para trás e, cobrindo a cabeça com as mãos, fugiu pela porta como um ladrão desmascarado. Antes que algum de nós pensasse em intervir, a charrete já chacoalhava a caminho da estação. Como um sonho, a cena se encerrou, mas o sonho deixara provas e rastros de sua passagem. No dia seguinte a criada encontrou os belos óculos de ouro quebrados sobre a soleira, e naquela mesma noite todos nós ficamos ali, boquiabertos, junto à janela do bar, e Fettes, junto de nós, tinha um aspecto sóbrio, pálido e resoluto.

"Deus nos proteja, Fettes!", disse o patrão, o primeiro a recobrar o tino de costume. "O que diabos foi isso? Que coisas estranhas são essas que você disse?"

Fettes voltou-se para nós; fitou-nos um por um. "Tentem ficar de bico fechado", disse. "É um perigo encontrar esse Macfarlane; os que fizeram isso se arrependeram tarde demais."

Em seguida, sem nem mesmo terminar o terceiro copo e muito menos esperar pelos outros dois, desejou-nos boa noite e submergiu na escuridão, passando sob o lampião da estalagem.

Nós três voltamos para nossos lugares no reservado, com a grande lareira acesa e quatro velas reluzentes; e, recapitulando o acontecido, nosso arrepio inicial de surpresa transformou-se em clarão de curiosidade. Ficamos até tarde; que eu me lembre, foi nosso serão mais prolongado no velho George. Quando nos separamos, cada um de nós tinha uma teoria que estava preparado para comprovar; e nosso único objetivo nesta vida era desvendar o passado de nosso pobre companheiro e pilhar o segredo que ele partilhava com o grande médico de Londres. Sem querer me vangloriar, acho que, em se tratando de desencavar histórias, eu era mais competente do que meus camaradas do George; e possivelmente hoje em dia não haja um só vivente capaz de narrar-lhes os fatos abomináveis e doentios que se seguem.

Quando jovem, Fettes estudara medicina na faculdade de Edimburgo. Possuía um talento peculiar, aquele talento que recolhe depressa o que ouve para logo tirar proveito pessoal. Estudava pouco em casa, mas era respeitoso, aplicado e inteligente na presença dos mestres. Estes logo o identificaram como um aluno que ouvia com atenção e se lembrava do que ouvia; com efeito, por estranho que tivesse me parecido quando fiquei sabendo disso, na época ele era um aluno querido, muito satisfeito de si. Havia, naquele tempo, um certo professor associado de anatomia, que designarei aqui pela letra K. Seu nome veio a ser conhecido, muito conhecido. Esse homem se esgueirava, disfarçado, pelas ruas de Edimburgo enquanto a multidão que aplaudira a execução de Burke clamava pelo sangue de seu empregador. Mas o sr. K. estava então no auge da moda: gozava de uma popularidade em parte decorrente de seu grande talento e de seu preparo, em parte da incapacidade de seu rival, o professor efetivo. Os estudantes, pelo menos, rezavam por sua cartilha, e Fettes — como de resto seus colegas — julgou assentadas as bases de sua carreira ao cair nas graças daquele homem meteoricamente famoso. O sr. K era um bon-vivant e um professor experiente; sabia apreciar tanto uma alusão dissimulada quanto uma preparação meticulosa. Em ambos os quesitos, Fettes gozava de sua merecida atenção, e já em seu segundo ano de estudos conquistara a posição mais ou menos fixa de monitor, ou segundo-assistente da disciplina.

Nessa condição, a responsabilidade pelo anfiteatro e pelas aulas de anatomia recaía particularmente sobre seus ombros. Era ele quem respondia pela limpeza dos recintos e pela conduta dos demais estudantes, e fazia parte de seus deveres providenciar, receber e distribuir as diversas peças a analisar. Foi em atenção a esta última tarefa — muito delicada à época — que o sr. K. o alojara na mesma ruela e, por fim, no mesmo edifício das salas de dissecção. Ali, depois de uma noite de prazeres turbulentos, a mão ainda trêmula, a vista ainda embaçada e confusa, era tirado da cama nas horas escuras que precedem a aurora invernal pelos comerciantes encardidos e desesperados que supriam a bancada para as aulas práticas. Abria a porta para aqueles homens, infames desde então em todo o país. Ajudava-os com sua carga trágica, pagava-lhes o preço sórdido e, quando partiam, ficava sozinho com aqueles restos inamistosos de seres humanos. Dava as costas a tal cenário para mais uma hora ou duas de sono que o restaurassem dos abusos da noite e o refrescassem para as lidas do dia.

Poucos rapazes poderiam ter sido mais insensíveis às impressões de uma vida passada assim, entre os emblemas da mortalidade. Seu espírito era impermeável a toda e qualquer ideia generalizante. Era incapaz de interessar-se pela desgraça ou pela sorte alheia, escravo que era dos próprios desejos e ambições mesquinhas. Frio, inconsequente e egoísta até o fim, tinha aquele mínimo de prudência, inadequadamente denominado moralidade, que mantém um homem longe da embriaguez inconveniente ou do furto sujeito a punição. Almejava, ademais, algum grau de consideração por parte de seus mestres e colegas e não estava inclinado a fracassar conspicuamente nos aspectos externos da existência. Assim, deu-se o prazer de conquistar alguma distinção no estudos e, dia após dia, prestava serviços impecáveis como assistente de seu empregador, o sr. K. Compensava o dia de trabalho com noites ensurdecedoras e inescrupulosas de diversão; e, todas as contas feitas, o órgão que denominava sua "consciência" dava-se por satisfeito.

O suprimento de peças era um perpétuo problema para ele e para seu patrão. Na sala de aula vasta e industriosa, a matéria-prima dos anatomistas estava sempre a ponto de se esgotar; e o comércio que isso tornava necessário não apenas era desagradável em si, como ameaçava todos os envolvidos com sérias represálias. A política do sr. K. consistia em não fazer perguntas durante as tratativas. "Eles trazem o corpo, nós pagamos o preço", era o que costumava dizer, sublinhando a aliteração — quid pro quo. E, continuava, em tom um tanto profano, dizendo à assistência: "Não façam perguntas, por amor à consciência". Não se supunha que as peças fossem providenciadas mediante o crime de assassinato. Se a ideia lhe fosse comunicada nesses termos, ele recuaria horrorizado; mas a leviandade com que falava sobre assunto tão grave era, por si só, uma ofensa às boas maneiras e uma tentação para os homens com quem lidava. Fettes, por exemplo, percebera com frequência o estranho frescor dos corpos. Repetidas vezes, atentara para o aspecto velhaco e abominável dos patifes que vinham procurá-lo antes do amanhecer; e, de si para si, juntando uma coisa à outra, talvez atribuísse um sentido excessivamente imoral e categórico aos conselhos descuidados do patrão. Em suma, considerava que seu dever tinha três ramificações: aceitar o que viesse, pagar o preço e desviar os olhos de qualquer indício de crime.

Numa certa manhã de novembro essa política de silêncio foi duramente posta à prova. Fettes passara a noite em claro, vítima de uma dor de dente lancinante, andando de um lado para outro no quarto como uma fera enjaulada ou jogando-se enfurecido na cama para finalmente cair naquele sono profundo e incômodo que tantas vezes se segue a uma noite de dor, quando foi despertado pela terceira ou quarta repetição irritada do sinal convencionado. Havia um luar tênue e brilhante: fazia um frio cortante, com vento e geada; a cidade ainda não acordara, mas uma agitação indefinível já antecipava o alarido e o trabalho do dia. Os espectros haviam chegado mais tarde do que de hábito e pareciam especialmente ansiosos por partir. Fettes, bêbado de sono, iluminou as escadas que levavam ao primeiro andar. Como em sonhos, ouvia vozes resmungando em irlandês; e, enquanto esvaziavam o saco de sua triste mercadoria, dormitava com o ombro apoiado na parede; foi obrigado a sacudir-se para encontrar o dinheiro dos homens. Enquanto fazia isso, seus olhos deram com o rosto morto. Sobressaltou-se; deu dois passos adiante, de vela erguida.

"Deus Todo-Poderoso!", exclamou. "É a Jane Galbraith!"

Os homens nada responderam, mas se aproximaram da porta arrastando os pés.

"Conheço essa moça, tenho certeza", continuou Fennes. "Ontem mesmo estava viva e saudável. É impossível que esteja morta; é impossível que vocês tenham conseguido seu corpo honestamente."

"Cavalheiro, com certeza o senhor está totalmente enganado", disse um dos homens.

Mas o outro encarou Fettes com olhar sombrio e exigiu o dinheiro na hora.

Era impossível ignorar a ameaça ou exagerar o perigo. O rapaz fraquejou. Gaguejou um pedido de desculpas, contou o dinheiro e assistiu à partida de seus odiosos visitantes. Tão logo haviam partido, correu a confirmar suas dúvidas. Por uma dúzia de sinais inequívocos, identificou a jovem com quem se divertira um dia antes. Horrorizado, deu com marcas no corpo dela que bem poderiam significar o uso de violência. Tomado de pânico, refugiou-se em seu quarto. Ali, refletiu longamente sobre sua descoberta; mais calmo, deliberou sobre o sentido das instruções do sr. K. e o perigo que corria se interferisse em assunto tão sério e, por fim, presa de amarga perplexidade, decidiu pedir conselho a seu superior imediato, o primeiro-assistente.

Este era um jovem médico, Wolfe Macfarlane, querido de todos os estudantes estroinas: inteligente, dissoluto e inescrupuloso em altíssimo grau. Vivera e estudara no exterior. Seus modos eram agradáveis e um tanto ousados. Era uma autoridade em teatro, habilidoso no gelo ou na relva com um par de patins ou um taco de golfe; vestia-se com audácia elegante e, para rematar sua glória, possuía um cabriolé e um vigoroso cavalo de trote. Tinha intimidade com Fettes; mais ainda, seus respectivos encargos pediam alguma vida em comum; e, quando as peças escasseavam, a dupla saía campo afora no cabriolé de Macfarlane para visitar e profanar algum cemitério isolado, chegando à porta da sala de dissecção com o butim ainda antes do amanhecer.

Naquela manhã específica, Macfarlane chegou um pouco mais cedo do que de hábito. Fettes ouviu e foi a seu encontro na escada, contou o caso e mostrou-lhe a causa de seu alarme. Macfarlane examinou as marcas no corpo.

"De fato", disse, com um aceno de cabeça, "parece suspeito."

"E então, o que devo fazer?", indagou Fettes.

"Fazer?", repetiu o outro. "Você quer fazer alguma coisa? Eu diria que, quanto menos se falar no assunto, melhor."

"Alguém mais pode reconhecê-la", objetou Fettes. "Ela era tão conhecida quanto a Castle Rock."

"Esperemos que não", disse Macfarlane. "E se alguém reconhecer — bem, você não reconheceu, não é? E ponto final. O fato é que a coisa toda já vem de muito tempo. Remexa na lama e você vai enfiar K. numa encrenca feia; e você mesmo vai se enrascar. E eu também, aliás. Fico me perguntando que figura a gente faria, ou o que teríamos a dizer no banco das testemunhas. Da minha parte, só tenho certeza de uma coisa: que, em termos práticos, todas as nossas peças foram assassinadas."

"Macfarlane!", exclamou Fettes.

"Ora essa!", riu-se o outro. "Como se você não tivesse desconfiado!"

"Desconfiar é uma coisa..."

"E provar é outra. Claro, eu sei; e lamento tanto quanto você que isto tenha vindo parar aqui", disse ele, tocando o corpo com a bengala. "Para mim, o melhor a fazer é não reconhecê-la; como, aliás", acrescentou friamente, "não reconheço. Fique à vontade, se quiser reconhecer. Não dito regras, mas creio que um homem do mundo faria como eu; e, se me permite, imagino que é isso o que K. espera de nós. A questão é: por que ele nos escolheu para assistentes? E a resposta é: porque não queria gente bisbilhoteira."

Era esse, exatamente, o tom mais adequado para influenciar as ideias de um rapaz como Fettes. Ele resolveu imitar Macfarlane. O corpo da pobre moça foi devidamente dissecado e ninguém reparou, ou pareceu reconhecê-la.

Uma tarde, terminado o trabalho do dia, Fettes passou por uma taberna popular e deu com Macfarlane sentado na companhia de um desconhecido. Era um homem baixo, muito pálido e de cabelo escuro, de olhos negros como carvão. Seus traços faziam pensar num intelecto e num refinamento que mal afloravam em seus modos, pois, visto mais de perto, ele logo se revelou um homem grosseiro, vulgar e obtuso. Contudo, exercia notável controle sobre Macfarlane; dava ordens como um grão-paxá; exaltava-se à menor discussão ou demora e fazia comentários rudes sobre o servilismo com que era servido. Aquele sujeito insuportável logo se afeiçoou a Fettes, cumulou-o de bebidas e fez-lhe a honra de confidências singulares sobre sua carreira pregressa. Se um décimo do que contou fosse verdade, tratava-se de um patife dos mais nauseabundos; e a vaidade do rapaz foi atiçada pela atenção de um homem experiente como aquele.

"Sou um sujeitinho de raça ruim", observou o estranho, "mas o Macfarlane... Esse sim. Toddy Macfarlane. É assim que eu o chamo. Toddy, peça mais um copo para o seu amigo." Ou então: "Toddy, mexa-se, feche aquela porta". "Toddy me odeia", ele repetiu. "É verdade, Toddy. Odeia, sim!"

"Não me chame por esse nome maldito", grunhiu Macfarlane.

"Ouça essa! Você já viu garoto brincar com faca? Ele adoraria passar a faca em mim", disse o desconhecido.

"Nós, médicos, fazemos bem melhor", disse Fettes. "Quando não gostamos de um velho amigo, nós o dissecamos."

Macfarlane levantou a vista de repente, como se a brincadeira não fosse nem um pouco do seu gosto.

A tarde chegou ao fim. Gray — pois era este o nome do desconhecido — convidou Fettes a acompanhá-los no jantar, pediu um festim tão suntuoso que a taberna inteira se alvoroçou e, concluído o assunto, mandou que Macfarlane pagasse a conta. Separaram-se tarde da noite; o tal Gray estava inenarravelmente bêbado. Macfarlane, sóbrio de fúria, ruminava o dinheiro que fora obrigado a esbanjar e as gozações que fora obrigado a engolir. Fettes, com variadas bebidas cantando na cabeça, voltou para casa a passadas incertas e com o espírito em suspenso. No dia seguinte Macfarlane faltou às aulas. Fettes sorriu para si mesmo imaginando-o a pajear o intolerável Gray de taberna em taberna. Tão logo soou a hora da liberdade, pôs-se a percorrer a cidade em busca dos companheiros da noite anterior. Contudo, ao não encontrá-los em lugar nenhum, voltou cedo para casa, foi cedo para a cama e dormiu o sono dos justos.

Às quatro da manhã, foi despertado pelo sinal bem conhecido. Quando chegou à porta, ficou pasmo ao ver Macfarlane em seu cabriolé e, no cabriolé, um daqueles pacotes compridos e horripilantes a que estava tão acostumado.

"O que houve", exclamou. "Saiu sozinho? Como conseguiu?"

Mas Macfarlane, grosseiro, mandou que se calasse e prestasse atenção no trabalho. Depois que levaram o corpo para cima e o depositaram sobre a mesa, Macfarlane fez menção de ir embora. Depois se deteve e pareceu hesitar; por fim, disse com algum constrangimento: "É melhor você dar uma olhada no rosto". "É melhor", repetiu, enquanto Fettes o fitava espantado.

"Mas onde e como e onde você encontrou este aqui?", exclamou Fettes.

"Olhe o rosto", foi a única resposta.

Fettes estava desconcertado; estranhas dúvidas o assediavam. Olhava do jovem médico para o corpo e tornava ao primeiro. Por fim, num repelão, fez como lhe mandavam. Quase esperava a visão que veio de encontro a seus olhos, e mesmo assim o impacto foi cruel. Ver ali, fixado na rigidez da morte e nu sobre a aniagem grosseira, o homem que deixara bem vestido, entupido de carne e vício, na soleira de uma taberna, despertou, até mesmo no insensível Fettes, alguns dos terrores da consciência. Era um *cras tibi* que ecoava em sua alma dois conhecidos seus acabarem estendidos naquelas mesas gélidas. Mas esses eram apenas pensamentos secundários. Sua maior preocupação dizia respeito a Wolfe. Despreparado para um desafio de tal monta, não sabia como encarar o colega. Não ousava erguer a vista, não dispunha de palavras nem de voz.

Foi o próprio Macfarlane quem deu o primeiro passo. Veio quieto por trás e pousou a mão no ombro do outro, gentilmente, mas com firmeza.

"Richardson pode ficar com a cabeça", disse ele

O tal Richardson era um estudante que havia muito cobiçava aquela parte do corpo humano para dissecar. Não houve resposta, e o assassino retomou: "Falando em negócios, você precisa me pagar; lembre-se, as suas contas precisam bater".

Fettes recobrou alguma voz, uma sombra da própria: "Pagar!", exclamou. "Pagar pelo quê?"

"Ora, é claro que você precisa pagar. De qualquer maneira e por todas as razões do mundo, você precisa pagar", retrucou o outro. "Eu não deixaria assim de presente e você não receberia assim de presente; isso comprometeria a nós dois. Como no caso de Jane Galbraith. Quanto mais erradas estão as coisas, mais a gente tem de agir como se tudo estivesse em ordem. Onde o velho K. guarda o dinheiro?"

"Ali", respondeu Fettes com voz rouca, apontando para um armário no canto.

"Então me dê a chave", disse o outro, calmamente, estendendo a mão.

Houve uma hesitação momentânea e os dados foram lançados. Macfarlane não conseguiu conter um esgar nervoso, marca infinitesimal de um alívio imenso, ao sentir a chave entre os dedos. Abriu o armário, tirou tinta, pena e caderno de um compartimento e separou, do dinheiro guardado numa gaveta, a soma cabível na situação.

"Agora, olhe aqui", disse, "o pagamento foi realizado — primeira prova da sua boa-fé, primeiro passo para a sua segurança. Falta agora encerrar o assunto com um segundo passo. Dê entrada do pagamento no livro de contas e nem o diabo poderá com você."

Os segundos seguintes foram para Fettes um paroxismo de pensamentos; mas, na balança de seus terrores, o mais imediato acabou por triunfar. Qualquer dificuldade futura parecia quase bem-vinda se conseguisse escapar ao confronto presente com Macfarlane. Largou a vela que estivera carregando aquele tempo todo e, com letra firme, deu entrada de data, natureza e montante da transação.

"E agora", disse Macfarlane, "é justo que você embolse o lucro. Já recebi a minha parte. Aliás, quando um homem do mundo tem um golpe de sorte e alguns xelins a mais no bolso — bem, fico embaraçado em mencionar isso, mas há uma regra de conduta para esses casos. Nada de banquetes, nada de livros caros, nada de acertos de dívidas; tome emprestado, mas nunca empreste."

"Macfarlane", começou Fettes, ainda um pouco rouco, "pus meu pescoço no cepo para lhe fazer um favor."

"Um favor?", exclamou Wolfe. "Ora, vamos e venhamos! Até onde percebo a situação, você fez o que tinha de fazer para ficar protegido. Imagine que eu me metesse numa enrascada, o que seria de você? Este segundo probleminha deriva claramente do primeiro. O sr. Gray é a continuação da srta. Galbraith. Não dá para começar e depois parar. Se você começa, tem de continuar começando; essa é a verdade. Não há repouso para os ímpios."

Um sentimento horrível de baixeza e a traição do destino tomaram conta da alma do infeliz estudante.

"Meu Deus!", exclamou. "O que eu fiz? E quando comecei? Ser monitor universitário — em nome da razão, que mal há nisso? Meu colega Service estava de olho nesse posto; o posto podia ter sido de Service. Será que ele estaria na situação em que eu estou agora?"

"Meu caro amigo", disse Macfarlane, "que criança você é! Por acaso aconteceu alguma coisa com você? Por acaso *pode* acontecer alguma coisa com você se você calar o bico? Homem, você não sabe como é a vida? Estamos divididos em dois grupos — leões e cordeiros. Se você for cordeiro, vai acabar em cima de uma dessas mesas, como Gray ou Jane Galbraith; se for leão, vai viver e comandar um cavalo. Como eu, como K., como todo aquele que tem alguma inteligência, alguma coragem. Você hesita entre os cordeiros. Mas olhe para K.! Meu caro amigo, você é inteligente, você tem topete. Gosto de você, e K. também. Você nasceu para liderar a caçada; e eu lhe digo, por minha honra e por minha experiência da vida, que daqui a três dias você rirá desses espantalhos feito criança numa peça de escola."

Dito isso, Macfarlane se retirou e se afastou pela ruela em seu cabriolé a fim de se refugiar da luz do dia. Fettes ficou sozinho com seus remorsos. Via o apuro terrível em que estava metido. Viu, com indizível desalento, que sua fraqueza não tinha limites e que, de concessão em concessão, descera de árbitro do destino de Macfarlane a cúmplice pago e indefeso. Teria dado qualquer coisa neste mundo para ter sido um pouco mais corajoso momentos antes, mas não lhe ocorreu que ainda poderia ser corajoso. O segredo de Jane Galbraith e a maldita entrada no livro de contas cerraram sua boca.

As horas se passaram; os alunos começaram a chegar; os membros do pobre Gray foram distribuídos para este e para aquele e recebidos sem comentários. Richardson foi agraciado com a cabeça e, mesmo antes de soar a hora da liberdade, Fettes já estremecia de júbilo ao perceber quanto haviam avançado rumo à impunidade.

Por dois dias continuou a observar, com júbilo crescente, o terrível processo de mascaramento.

No terceiro dia, Macfarlane apareceu novamente. Disse que estivera doente, mas compensou o tempo perdido com a energia com que dirigiu os estudantes. Richardson, em especial, recebeu assistência e conselhos inestimáveis, e o estudante, animado com os elogios do monitor, inflamado por esperanças ambiciosas, já via a medalha a seu alcance.

Antes que a semana chegasse ao fim, a profecia de Macfarlane já se cumprira. Fettes sobrevivera a seus terrores e esquecera a própria baixeza. Começara a felicitar-se pela própria coragem e ajeitara a história no próprio espírito de maneira a poder olhar para trás com orgulho doentio. Pouco via o cúmplice. Encontravam-se, é claro, durante o trabalho; recebiam juntos as ordens de K. Às vezes trocavam uma ou duas palavras a sós e Macfarlane se mostrava particularmente gentil e jovial do começo ao fim. Mas era evidente que ele evitava toda e qualquer referência ao segredo que os dois partilhavam; e mesmo quando Fettes lhe disse num sussurro que havia jogado sua sorte com os leões e que deixara os cordeiros de lado, apenas fez sinal, sorridente, para que o outro ficasse quieto.

Com o tempo, uma nova ocasião voltou a aproximar a dupla. O sr. K. via-se novamente sem peças; os alunos manifestavam impaciência e o professor gostava de contar entre seus atributos o fato de estar sempre bem abastecido. Ao mesmo tempo chegou a notícia de que haveria um enterro no rústico cemitério de Glencorse. O tempo pouco alterou o lugar em questão. Na época, como hoje em dia, o cemitério ficava numa encruzilhada, afastado de toda habitação humana e a uma braça de profundidade sob a folhagem de seis cedros. Os balidos das ovelhas nas colinas vizinhas, os córregos à direita e à esquerda, um cantando alto entre os seixos, o outro escoando furtivamente de poça em poça, o rumorejar do vento nas velhas nogueiras em flor e, uma vez a cada sete dias, a voz do sino e as velhas canções do chantre eram os únicos sons que perturbavam o silêncio que cercava a igreja rural. O Homem da Ressurreição — para usar uma alcunha da época — não se deixaria deter por nenhum dos preceitos sagrados da religião comum. Era parte de seu ofício desprezar e profanar os sinais entalhados em velhas lápides, os caminhos gastos pelos pés de fiéis e enlutados, as oferendas e as inscrições de um afeto consternado. Para aqueles lugarejos rústicos, onde o amor costuma ser mais tenaz e onde alguns laços de sangue ou camaradagem unem toda uma paróquia, o ladrão de corpos, longe de sentir-se repelido pelo respeito natural, era atraído pela facilidade e a segurança da tarefa. Os corpos depositados na terra na jubilosa esperança de um despertar bem diferente eram surpreendidos por uma ressurreição apressada e atroz, à força de pá, picareta e luz de lampião. O caixão era forçado, os paramentos rasgados e os restos melancólicos, vestidos em aniagem, depois de sacolejar horas a fio por estradas secundárias, eram finalmente expostos ao ultraje máximo diante de uma turma de rapazes boquiabertos.

Um pouco como dois abutres adejando sobre um cordeiro moribundo, Fettes e Macfarlane deviam atacar um túmulo naquele lugar de repouso calmo e verdejante. A esposa de um granjeiro, mulher que vivera sessenta anos e que era conhecida de todos pela boa manteiga que fazia e por sua conversa virtuosa, seria arrancada de seu túmulo à meia-noite e levada, morta e nua, para aquela cidade distante que sempre honrara com suas vestes domingueiras; a romper da aurora, seu lugar ao lado dos familiares estaria vazio; seus membros inocentes e quase veneráveis seriam expostos à última curiosidade do anatomista.

Certa noite a dupla se pôs a caminho já bem tarde, ambos envoltos em mantos e com uma formidável garrafa à mão. Chovia sem interrupção — uma chuva fria, densa, fustigante. Vez por outra soprava um pé de vento que a cortina d'água subjugava. Apesar da garrafa, cobriram um trecho triste e silencioso até Penicuik, onde haviam planejado pernoitar. Pararam uma vez para esconder os apetrechos num arbusto fechado, não longe do cemitério, e outra mais no Recanto do Pescador, para comer uma torrada diante do fogo da cozinha e alternar goles de uísque com um copo de cerveja. Chegando a seu destino, o cabriolé foi guardado e o cavalo alimentado e alojado. Os dois jovens médicos se recolheram a um reservado para fruir do melhor jantar e do melhor vinho que a casa pudesse oferecer. As luzes, a lareira, a chuva que batia na vidraça, a tarefa fria e absurda — tudo atiçava o prazer que aquele jantar lhes proporcionava. A cada copo, seu ânimo melhorava. Pouco depois, Macfarlane estendeu uma pilha de ouro para o companheiro.

"Uma gentileza", disse ele. "Entre amigos, esses pequenos acertos devem ser feitos o mais depressa possível."

Fettes embolsou o dinheiro e saudou os sentimentos do amigo. "Você é um filósofo", exclamou. "Eu era uma besta até conhecer você. Você e K. — vocês dois, com a breca, vão fazer de mim um homem."

"É claro que sim", aplaudiu Macfarlane. "Um homem? Ouça bem, só um homem poderia me ajudar naquela outra madrugada. Muito grandalhão de quarenta anos, lerdo e covarde, teria entregue os bofes só de ver aquela maldita coisa; mas não você, você manteve a cabeça erguida. Eu vi tudo."

"Bem, e por que não?", vangloriou-se Fettes. "O problema não era meu. Não havia nada a ganhar com o estardalhaço, e, além do mais, eu podia contar com a sua gratidão, não é?" E deu tapinhas no bolso fazendo tilintar as moedas de ouro.

Macfarlane sentiu uma pontada de alarme ao ouvir aquelas palavras desagradáveis. Talvez tivesse se arrependido de ter instruído o jovem companheiro com tanto êxito, mas não houve tempo de retrucar, pois o outro prosseguiu em seu rompante de bazófia ruidosa:

"A coisa toda está em não ter medo. Agora, cá entre nós, não quero ser enforcado — disso eu tenho certeza; mas nasci desprezando as lamúrias, Macfarlane. Inferno, Deus, Diabo, certo, errado, pecado, crime e toda essa galeria de antiguidades — isso tudo pode assustar criancinhas, mas homens do mundo como eu e você desprezam essas coisas. Um brinde à memória de Gray!"

Àquela altura, a noite já ia avançada. O cabriolé, novamente arreado, conforme as instruções, foi levado até a porta com os dois lampiões muito brilhantes, e os dois rapazes pagaram a conta e tomaram a estrada. Anunciaram que seguiam rumo a Peebles e tocaram naquela direção até ultrapassadas as últimas casas do lugarejo; depois, apagados os lampiões, voltaram atrás e seguiram por uma estrada secundária na direção de Glencorse. Não havia outro som além do que eles produziam ao passar e da chuva estridente e incessante. Estava escuro como breu; aqui e ali, um portão branco ou uma pedra branca num muro guiavam-nos brevemente pelo meio da noite; mas, na maior parte do tempo, foi a passo lento, quase às apalpadelas, que os dois abriram caminho na escuridão ressonante rumo a seu destino solene e remoto. Em meio aos bosques enlameados que cobriam as proximidades do cemitério, não houve brilho que os ajudasse, e foi necessário riscar um fósforo e reacender uma das lanternas do cabriolé. Assim, sob as árvores gotejantes, rodeados de grandes sombras moventes, atingiram o palco de seus labores profanos.

Ambos tinham experiência no ofício e força com a pá; mal precisaram de vinte minutos para serem recompensados por um tamborilar surdo no tampo do caixão. Nesse mesmo instante,

Macfarlane, tendo machucado uma das mãos num pedregulho, atirou-o descuidadamente para trás. A cova em que estavam metidos quase até os ombros ficava junto à beira do platô do cemitério; e, a fim de iluminar melhor os trabalhos, o lampião do cabriolé fora apoiado a uma árvore, junto ao barranco íngreme que descia para o córrego. O acaso fizera mira certeira com a pedra. Ouviu-se um retinir de vidro quebrado; a noite caiu sobre eles; sons ora surdos, ora vibrantes anunciavam o rolar da lanterna barranco abaixo e suas ocasionais colisões com as árvores. Uma pedra ou duas, deslocadas na queda, ressoaram nas profundidades da ravina; em seguida o silêncio, como a noite, retomou seu domínio; e, por mais que tentassem, nada ouviam exceto a chuva, que ora caía impulsionada pelo vento, ora martelava sem cessar sobre milhas e mais milhas de campo aberto.

Estavam tão próximos do fim de sua tarefa abjeta que julgaram melhor terminá-la no escuro. O caixão foi exumado e forçado; o corpo foi inserido no saco ensopado e carregado até o cabriolé; um dos dois tomou assento enquanto o outro, puxando o cavalo pela brida, avançava ao longo do muro e dos arbustos até chegarem ao Recanto do Pescador. Ali havia um brilho débil e difuso, que os dois saudaram como se fosse a luz do dia; guiando-se por ela, açularam o cavalo e saíram sacolejando na direção da cidade.

Os dois tinham ficado completamente empapados durante as operações, e agora, com o cabriolé saltitando sobre as valas profundas, a coisa aprumada entre eles cambava ora para um lado, ora para o outro. A cada vez que aquele contato horrendo se repetia, eles o repeliam depressa; e o processo, por natural que fosse, começou a dar nos nervos dos dois parceiros. Macfarlane fez alguma piada de mau gosto sobre a esposa do granjeiro, que soou oca em seus lábios e caiu no silêncio. O fardo torpe continuava a sacolejar de um lado para o outro; ora a cabeça repousava, confiante, sobre os ombros deles, ora a aniagem ensopada batia gelada em seus rostos. A alma de Fettes começou a ser tomada por uma sensação de congelamento. Fettes observava o fardo e tinha a impressão de que de alguma maneira ele havia ficado maior do que era no começo. Por todo o campo e de todas as distâncias, os cães das fazendas acompanhavam a passagem do cabriolé com uivos trágicos; e ele se convencia mais e mais de que algum milagre perverso se consumara, de que alguma transformação inominável afetara o corpo morto, de que os cachorros uivavam de medo daquele fardo maldito.

"Pelo amor de Deus", disse Fettes, fazendo força para falar. "Pelo amor de Deus, vamos acender uma luz!"

Aparentemente, Macfarlane sentia algo do mesmo gênero; pois, apesar de nada responder, ele deteve o cavalo, passou as rédeas para o companheiro, desceu do assento e tratou de acender o lampião remanescente. Não tinham ido além da encruzilhada para Auchendinny. A chuva ainda caía como se o dilúvio fosse voltar, e não foi fácil fazer lume naquele mundo de escuridão e umidade. Quando, enfim, a chama azul e bruxuleante foi transferida para o pavio e começou a se expandir e a iluminar, lançando um amplo círculo de brilho nebuloso ao redor do cabriolé, os dois homens puderam ver-se um ao outro, bem como a coisa que traziam consigo. A chuva amoldara o pano grosseiro aos contornos do corpo; a cabeça se distinguia do tronco, os ombros pareciam bem modelados; alguma coisa ao mesmo tempo espectral e humana fazia com que os dois viajantes não despregassem os olhos daquele companheiro de viagem fantasmagórico.

Por algum tempo, Macfarlane continuou imóvel, segurando o lampião. Um temor sem nome, como um lençol molhado, parecia enfaixar o corpo e esticar a pele do rosto de Fettes; um temor absurdo, um horror àquilo que não podia ser continuava a crescer em seu cérebro. Um momento mais, e ele teria falado. Mas seu camarada adiantou-se.

"Isto não é uma mulher", disse Macfarlane com voz sumida.
"Era uma mulher quando a metemos no saco", sussurrou Fettes.
"Segure o lampião", disse o outro. "Quero ver o rosto."

E, enquanto Fettes erguia o lampião, seu companheiro desamarrou as cordas do saco e puxou para baixo a parte que cobria a cabeça. A luz caiu em cheio sobre as feições morenas e bem definidas, sobre as faces bem barbeadas de um semblante mais que familiar, muitas vezes visto nos sonhos dos dois rapazes. Um grito selvagem soou em meio à noite; cada um deles saltou para um lado da estrada; o lampião caiu, quebrou e se apagou; e o cavalo, aterrorizado com a insólita comoção, deu um pinote e disparou a galope rumo a Edimburgo, levando consigo, único ocupante do cabriolé, o corpo morto e havia muito dissecado de Gray.

Tradução de Samuel Titan Jr.

ARTHUR CONAN DOYLE

O CIRURGIÃO DE GASTER FELL

I. DE COMO ELA APARECEU EM KIRKBY-MALHOUSE

Gélida e fustigada de ventos é a pequena Kirkby-Malhouse, agrestes e assustadores são os morros onde ela se ergue. A cidadezinha nada mais é do que um punhado de casas de pedra cinzenta e telhado de ardósia enfileiradas numa encosta forrada de tojo da vasta charneca ondeada. Ao norte e ao sul, alargam-se as curvas das terras altas de Yorkshire, cada qual tentando espiar o firmamento por sobre a espalda da outra, com laivos de amarelo em primeiro plano diluídos mais adiante em tons azeitonados, salvo onde o solo ralo e estéril se mostra marcado por longas cicatrizes de pedra. Do árido outeiro logo acima da igreja é possível descortinar, a oeste, uma franja de ouro por sobre um arco de prata, bem onde o mar da Irlanda banha as areias de Morecambe. A leste, o Ingleborough assoma arroxeado à distância; ao passo que o Pennigent se ergue num pico afilado cuja sombra imensa, como se fora o quadrante solar da própria Natureza, arrasta-se a passos lentos pela rústica imensidão escalvada.

Foi nesse solitário e isolado povoado que eu, James Upperton, me vi no verão de 1885. Por pouco que tivesse a oferecer, a aldeia possuía aquilo pelo que eu ansiava acima de tudo — isolamento e libertação de quanto pudesse me distrair das excelsas e graves questões que me ocupavam a mente. Eu estava cansado do interminável turbilhão e dos inúteis empenhos da vida. Desde muito jovem, consumira meus dias em aventuras impetuosas e experiências estranhas, até que, aos trinta e nove anos, restavam pouquíssimas terras a conhecer e um número ainda menor de alegrias e mágoas a experimentar. Fui um dos primeiros europeus a explorar as plagas desoladas em torno do lago Tanganica; por duas vezes percorri as selvas impenetráveis e raramente visitadas que margeiam o vasto planalto de Roraima. Como mercenário, servi sob várias bandeiras. Estive com Jackson no vale de Shenandoah; e lutei com Chanzy no exército do Loire. Talvez pareça estranho que, depois de vida assim tão emocionante, eu pudesse me render à rotina monótona e aos interesses banais da aldeola de West Riding. No entanto, existem estímulos da mente para os quais os meros perigos físicos ou a exaltação da viagem são lugares-comuns, banalidades. Durante anos, eu havia me dedicado ao estudo das filosofias místicas e herméticas do Egito, Índia, Grécia e Idade Média, até que, do vasto caos, começou a se tornar vagamente perceptível um colossal projeto simétrico para aquilo tudo; eu tinha a impressão de estar prestes a encontrar a chave do simbolismo usado pelos eruditos para separar seus conhecimentos preciosos do vulgar e do viciado. Gnósticos e neoplatônicos, caldeus e rosa-cruzes, místicos indianos, eu via e entendia que parte cada um tinha em quê. Para mim, o jargão de Paracelso, os mistérios dos alquimistas e as visões de Swedenborg estavam todos prenhes de significado. Eu havia decifrado as enigmáticas inscrições de El Biram; conhecia as implicações daqueles curiosos caracteres inscritos por uma raça desconhecida nos penhascos meridionais do Turquestão. Imerso nesses fantásticos e fascinantes estudos, eu não pedia nada da vida, salvo uma mansarda para mim e meus livros, onde pudesse dar prosseguimento aos estudos sem interferência nem interrupção.

Contudo até nessa aldeota em plena charneca percebi que era impossível me desvencilhar por completo da crítica de meus semelhantes. Sempre que eu passava, os broncos moradores me olhavam de soslaio e, ao descer a rua do vilarejo, as mães arrebanhavam seus filhos. À noite, não era raro ver, pelas vidraças, magotes de campônios atoleimados a espichar o pescoço para dentro de meu quarto, num êxtase de medo e curiosidade, tentando decifrar que afazeres solitários seriam aqueles que me mantinham tão entretido. Minha própria senhoria transformou-se numa criatura loquaz e, munida de uma enfiada de perguntas e de um sem-número de pequenos estratagemas, ao menor pretexto procurava fazer-me falar de mim e de meus planos. Tudo isso já era difícil de suportar; mas no dia em que soube que não seria mais o único inquilino na casa e que uma dama, uma estranha, havia alugado o outro aposento, senti que, de fato, para quem estava atrás da quietude e da paz propícias aos estudos, chegara a hora de procurar um ambiente mais tranquilo.

Devido às frequentes caminhadas por lá, eu conhecia muito bem toda a área deserta e desolada onde Yorkshire faz divisa com Lancashire e com a região de Westmoreland. Partindo de Kirkby-Malhouse, já havia atravessado várias vezes, de ponta a ponta, aquela vastidão despovoada. Sob a majestade soturna do cenário, e diante do espantoso silêncio e solidão daquele ermo melancólico e pedregoso, eu tinha a impressão de ter encontrado um asilo seguro contra bisbilhotices e críticas. E, por sorte, num dos passeios, topara com uma remota moradia em plena charneca desabitada que, na mesma hora, resolvi ter para mim. Era uma casinhola de dois cômodos que, tempos antes, teria decerto pertencido a algum pastor, já bastante deteriorada. Com as chuvaradas de inverno, as águas do Gaster Beck, que descem pelo morro de Gaster Fell, transbordaram e arrancaram parte da parede da choupana. Também o telhado achava-se em péssimo estado e havia pilhas de telhas esparramadas pela relva. Contudo, a estrutura principal da casa continuava firme; não seria nada difícil restaurá-la. Embora não fosse rico, eu tinha com que executar capricho tão modesto de maneira senhoril. Chamei telhadores e carpinteiros de Kirkby-Malhouse e em pouco tempo a casinha solitária de Gaster Fell estava pronta para enfrentar de novo as intempéries.

Projetei os dois cômodos de modo radicalmente diferente — tenho gostos mais para o espartano e um dos aposentos foi planejado de forma a combinar com eles. Um fogão a óleo da Rippingille de Birmingham dava-me a ferramenta onde cozinhar, ao passo que dois sacos de bom tamanho, um de farinha, o outro de batatas, tornavam-me independente de quaisquer fornecimentos externos. Em questão de dieta, sou já há bastante tempo um pitagórico, portanto as ovelhas descarnadas de pernas compridas que pastavam o capim áspero das margens do Gaster Beck não tinham nada a temer de seu novo companheiro. Um tonel de óleo de nove galões fazia as vezes de aparador; ao passo que uma mesa quadrada, uma cadeira de pinho e uma cama baixa, sobre rodas, que durante o dia ia para debaixo do sofá, completavam a lista de meu mobiliário doméstico. Em cima do sofá, presas à parede, duas prateleiras de madeira, sem pintura, serviam a funções diversas: a de baixo era para guardar os pratos e utensílios de cozinha, a de cima, para os poucos retratos que me transportavam de volta ao que sobrara de agradável na longa e exaustiva batalha por riquezas e prazeres que constituiu a vida que deixei para trás.

Mas se a simplicidade desse meu cômodo beirava a mesquinhez, sua pobreza era mais do que compensada pela opulência do aposento fadado, em benefício da mente, a receber objetos em sintonia com os estudos a ocupá-la, já que as mais sobranceiras e etéreas condições do pensamento só são possíveis em meio a atmosferas que agradam à vista e recompensam os sentidos. Decorei o aposento destinado a meus estudos místicos num estilo tão soturno e majestoso quanto as ideias e aspirações com as quais a saleta teria de congraçar. Tanto as paredes como o teto foram revestidos com um papel do mais suntuoso e brilhante negror, no qual se desenhavam lúgubres arabescos de ouro fosco. Uma cortina de veludo negro cobria a única janela dividida em pequenas vidraças; e, no chão, um tapete grosso e macio, do mesmo material da cortina, evitava que o som de meus próprios passos, andando para lá e para cá, interrompesse o fluxo de minhas ideias. Ao longo da sanefa, corria uma vareta de ouro da qual pendiam seis quadros, todos sombrios e imaginosos, conforme convinha a minhas fantasias. Dois, segundo me lembro, tinham sido pintados por Fuseli; um por Noel Paton; um por Gustave Doré; e dois por Martin; além de uma pequena aquarela do incomparável Blake. E um único fio de ouro, tão fino que mal se via, mas de enorme resistência, descia do meio do teto, tendo na ponta uma pomba do mesmo metal, balouçando com as asas abertas. O pássaro era oco e continha dentro do corpo óleos perfumados; sobre a lâmpada, flutuando a modo de sílfide, uma silhueta estranhamente esculpida em cristal rosa conferia à luz da sala uma tonalidade suave e rica. Uma lareira de bronze, forrada de malaquita, duas peles de tigre sobre o tapete, uma mesinha de madeira marchetada e duas poltronas de ébano estofadas com pelúcia cor de âmbar completavam o mobiliário de meu pequeno e elegante gabinete de estudos, sem esquecer, claro, que, sob a janela, estendiam-se compridas estantes contendo as obras mais importantes daqueles que haviam se ocupado com os mistérios da vida.

Boehme, Swedenborg, Damton, Berto, Lacci, Sinnett, Hardinge, Britten, Dunlop, Amberley, Winwood Read, Des Mousseaux, Alan Kardec, Lepsius, Sepher, Toldo e Dubois — eram alguns dos que se achavam enfileirados em minhas prateleiras de carvalho. Quando acendia a lâmpada, à noite, e a luz sinistra e bruxuleante brincava por aquele ambiente sombrio e bizarro, ao som das lamúrias do vento varrendo a imensidão sorumbática, o efeito era mais do que perfeito. Ali estava, por fim, o vórtice escuro do fluxo apressado da vida onde me seria permitido descansar em paz, olvidando e olvidado.

Todavia, antes mesmo de alcançar esse ancoradouro tranquilo, eu estava destinado a aprender que ainda fazia parte da espécie humana e que não era bom tentar romper os laços que nos ligam a nossos semelhantes. Faltavam duas noites apenas para a data que eu havia marcado para me mudar quando me dei conta de um movimento no andar de baixo e escutei, além de fardos pesados sendo transportados pelas escadas barulhentas de madeira, a voz rude de minha senhoria aos brados de boas-vindas e manifestações de júbilo. De tempos em tempos, em meio ao turbilhão de palavras, dava para discernir uma voz branda, de melodia suave, que me soou muito agradavelmente aos ouvidos, depois das longas semanas escutando apenas o rude dialeto dos vales de Yorkshire. Durante uma hora ainda, ouvi o diálogo lá embaixo — uma voz ardida e outra suave, acompanhadas do tilintar de xícaras —, até que o estralo de uma porta me avisou que a nova inquilina recolhera-se em seu quarto. Portanto lá estavam meus temores concretizados e meus estudos prejudicados com a chegada da estranha. Jurei a mim mesmo que o segundo pôr do sol já me veria instalado, a salvo de todas essas influências insignificantes, em meu santuário de Gaster Fell.

Na manhã seguinte a esse incidente, achava-me eu desperto logo cedo, como é meu costume; mas surpreendi-me, ao dar uma olhada pela janela, de ver que a nova moradora havia se levantado mais cedo ainda. Ela descia a trilha estreita que fazia um zigue-zague pelo morro — uma mulher alta e esbelta, com a cabeça pensa sobre o colo e uma braçada de flores silvestres colhidas em andanças matutinas. O branco e rosa do vestido, e o toque da fita de um vermelho muito vivo em volta do chapéu de abas largas, pespegavam uma deliciosa mancha de cor na paisagem pardacenta. Ela estava a uma certa distância quando a vi pela primeira vez, mas ainda assim eu sabia que essa mulher errante só poderia ser a recém-chegada da noite anterior, posto que havia uma graça e um refinamento em seu talhe que a distinguiam das demais moradoras da região. Eu ainda observava quando, muito ligeira e leve, ela se aproximou da casa, abriu o portão no extremo do jardim, acomodou-se no banco verde defronte à minha janela, espalhou as flores todas nele e começou a arrumá-las.

Ali sentada, com o sol nascente batendo-lhe nas costas e o

brilho da manhã espalhando-se qual uma auréola em torno da cabeça altiva e grave, pude ver que se tratava de uma mulher de extraordinária beleza. O rosto era mais espanhol do que inglês — oval, trigueiro, iluminado por dois reluzentes olhos negros e uma boca docemente sensível. Por sob o amplo chapéu de palha, grossos cachos de cabelo negro-azulado acompanhavam de ambos os lados a curva graciosa do régio pescoço. Espantei-me, durante meu exame, ao constatar que sapatos e saia guardavam marcas de bem mais do que um mero passeio matinal. O vestido de tecido leve estava salpicado de lama, molhado e amarfanhado; ao passo que as botinas exibiam grandes grumos de terra amarelada, o solo característico dos morros da região, grudados em volta. Também o rosto trazia uma expressão cansada e sua beleza, tão jovem, parecia sombreada por uma nuvem de problemas íntimos. E, ainda enquanto eu observava, ela caiu num choro convulsivo e, atirando o ramalhete de flores ao chão, correu ligeira para dentro de casa.

Ainda que desatento e indiferente às coisas do mundo, fui tomado por uma súbita onda de compaixão ao ver o acesso de desespero que se apossou daquela linda estranha. Curvei-me sobre os livros, mas não consegui desviar o pensamento do rosto belo e altivo, do vestido enodoado, da cabeça pensa e das mágoas evidenciadas em cada traço das feições pensativas. Cheguei a ir algumas vezes até a janela e olhar lá para fora, a ver se vislumbrava sinais de que ela voltara ao jardim. Os galhos floridos de tojo e de urze continuavam onde tinham sido deixados, sobre o banco verde; porém durante todo aquele começo de manhã não vi nem ouvi o menor sinal daquela que tão de repente me despertara a curiosidade e mexera com emoções havia tanto tempo dormentes.

A sra. Adams, minha senhoria, tinha o hábito de me levar um

desjejum frugal; contudo era muito raro que eu lhe permitisse interromper meu fluxo de ideias ou desviar-me a atenção de assuntos mais graves com sua conversa ociosa. Nesse dia, porém, pela primeira vez ela me encontrou disposto a ouvir e, sem precisar de grandes incentivos, pôs-se a despejar em meus ouvidos tudo quanto sabia de nossa bela visitante.

"Srta. Eva Cameron é o nome da jovem. Mas quem é ela, ou de onde saiu, isso eu não sei. Pode ser que tenha vindo parar em Kirkby-Malhouse pelos mesmos motivos que trouxeram também o senhor para cá."

"É possível", retruquei, sem fazer conta da pergunta subentendida. "Mas eu jamais imaginaria que Kirkby-Malhouse fosse lugar para oferecer grandes atrativos a uma jovem."

"O senhor não sabe, mas o povoado é bem alegre nos dias de festa", disse a sra. Adams. "Agora, vai ver que ela veio em busca de um pouco de saúde e descanso, mais nada."

"É bem provável", concordei, mexendo o café. "E, sem dúvida, algum amigo seu aconselhou-a a vir procurá-los aqui, nos confortabilíssimos aposentos que a senhora aluga."

"Pois então, meu senhor!", exclamou a senhoria. "É justamente isso que me espanta. A dama acabou de chegar da França. Como é que os parentes dela ficaram sabendo a meu respeito, eu não entendo. Uma semana atrás, me chega um homem na porta, muito bem-posto, um verdadeiro cavalheiro, isso daria para ver até com um olho fechado. 'Sra. Adams?', me perguntou ele. 'Quero alugar aposentos para a srta. Cameron. Ela estará aqui em uma semana', ele me disse. E só, nem mais uma palavra. Pois não é que ontem à noite me chega ela em pessoa, muito meiga e modesta, com um quê de francês na fala? Mas por Deus do céu! O senhor me desculpe, preciso descer e preparar um chá, porque a pobrezinha vai se sentir muito sozinha, quando acordar debaixo de um teto estranho."

II. DE COMO ME MUDEI PARA GASTER FELL

Eu ainda fazia meu desjejum quando escutei um tilintar de pratos e as passadas da sra. Adams indo até os aposentos da nova inquilina. Instantes depois, minha senhoria saiu de novo para o corredor e invadiu meus aposentos com as mãos erguidas e os olhos esbugalhados.

"Deus de misericórdia divina!", ela exclamou. "Perdão vir entrando assim sem mais nem menos, mas receio que tenha acontecido algo com a jovem. Ela não está no quarto."

"Ora, ora, lá está ela", disse eu, pondo-me de pé para espiar pela janela. "Ela voltou para recolher as flores que largou no banco."

"Mas olhe só o estado em que estão as botinas e o vestido dela", protestou a senhoria, desorientada. "Como eu gostaria que a mãe dela estivesse junto! Por onde ela andou, eu não sei nem quero saber, mas que a cama não foi mexida desde ontem à noite, disso eu tenho certeza."

"Ela deve ter sentido alguma inquietude e saiu para dar uma volta, mais nada, se bem que a hora, de fato, é um tanto estranha", disse eu.

A sra. Adams franziu os lábios e sacudiu a cabeça, diante da vidraça. E foi nesse momento que a moça lá embaixo ergueu os olhos para ela, sorridente, e, com um gesto alegre, pediu-lhe que abrisse a janela.

"A senhora está com meu chá aí?", perguntou com uma voz cristalina, marcada por um quê da afetação do francês.

"Está no seu quarto, senhorita."

"Veja só minhas botinas, sra. Adams!", gritou ela, tirando os pés de sob a saia, para mostrar o calçado. "Esses morros de vocês são pavorosos, *effroyables*. Dois centímetros, cinco centímetros, nunca vi tanta lama na vida! E meu vestido também, *voilà*."

"Estou vendo, senhorita. Que situação, não é mesmo?", gritou a senhoria de volta, fitando o vestido emporcalhado. "Mas acho que o problema maior é o cansaço. Deve estar morrendo de sono."

"Não, não, que nada", respondeu a jovem, dando risada. "Eu não gosto de dormir. O que é o sono? Uma pequena morte, *voilà tout*. Mas, a meu ver, andar, correr, respirar, isso é viver. Eu não estava cansada, de modo que, durante a noite inteira, explorei as colinas de Yorkshire."

"Meu Deus do céu! E por onde andou?", perguntou a sra. Adams.

Ela fez um gesto largo com a mão que incluiu todo o horizonte do lado oeste. "Por lá", disse ela. "*Ô comme elles sont tristes et sauvages, ces collines!* Mas eu trouxe flores. A senhora me dará um pouco de água, não é mesmo? Caso contrário, elas vão murchar." Dito isso, juntou seus tesouros no colo e, um instante depois, escutamos passos leves e ágeis subindo a escada.

Quer dizer então que ela havia passado a noite toda fora, essa estranha mulher. Que motivo teria ela para trocar o conforto de seu quarto pelo ermo desolado de morros gelados? Seria talvez apenas o desassossego, a vontade de aventura que acomete os jovens? Ou haveria nisso, nessa excursão noturna, quem sabe, algum motivo mais profundo?

Enquanto andava de lá para cá no quarto, lembrei da cabeça pensa, da dor estampada na face e da violenta crise de choro que por acaso eu presenciara da janela. Valia dizer que a missão noturna, qualquer que tivesse sido, não deixara o menor vestígio de prazer em sua esteira. No entanto, ainda quando pensava nisso, escutei o alegre tinido de sua risada e os protestos, com voz levemente alterada, diante dos cuidados maternais com que a sra. Adams insistia para que tirasse as roupas sujas de barro. Por profundos que fossem os mistérios que meus estudos me haviam ensinado a resolver, ali estava um problema humano que, pelo menos por enquanto, estava além de minha compreensão. Saí para dar uma volta pela charneca, antes do meio-dia, e, na volta, assim que atingi o cume de onde se descortina o pequeno povoado, vi a jovem a uma certa distância, em meio ao tojo. Ela abrira um pequeno cavalete e, com o papel de aquarela já colocado, se preparava para começar a pintar a magnífica paisagem de rochedos e charnecas esparramada a sua frente. Reparei então que ela vasculhava com olhar ansioso a região à direita e à esquerda de onde se achava. Perto de mim, havia uma pequena poça de água que se formara num oco. Mergulhei ali o copinho da garrafa de bolso e levei-o até ela.

"É disso que está precisando, imagino", falei, erguendo o boné e sorrindo.

"*Merci bien!*", ela respondeu, despejando a água num pires. "De fato, é o que eu estava procurando."

"Srta. Cameron, suponho. Somos ambos inquilinos na mesma casa. Meu nome é Upperton. Temos de nos apresentar nós mesmos, por aqui, se não quisermos permanecer como estranhos para sempre."

"Ah, quer dizer então que o senhor também vive na casa da

sra. Adams!", exclamou ela. "E eu achando que não havia ninguém além de camponeses neste lugar estranho."

"Estou de passagem, como a senhorita. Sou um estudioso e vim atrás da quietude e do repouso que meus estudos exigem."

"Quietude de fato!", disse ela, dando uma olhada rápida para o vasto círculo de charnecas silenciosas, marcadas apenas por uma minúscula linha de casinhas cinzentas ao longo da encosta.

"No entanto essa quietude não é suficiente", respondi-lhe, rindo, "e vejo-me forçado a mudar para mais longe ainda, em pleno morro, para obter a paz absoluta de que preciso."

"Quer dizer então que o senhor construiu uma casa nas colinas?", ela perguntou, arqueando as sobrancelhas.

"Construí, sim, e espero poder ocupá-la dentro dos próximos dias."

"Ah, mas que *dommage*", exclamou ela. "E onde fica, essa casa que mandou construir?"

"Lá adiante, bem para lá", respondi. "Está vendo aquele riacho que corre como se fosse uma fita de prata na charneca ao longe? Aquele é o Gaster Beck, que atravessa Gaster Fell."

A jovem assustou-se e voltou para mim seus enormes olhos escuros, curiosos, com uma expressão de surpresa e de incredulidade, enquanto algo vizinho ao horror parecia querer ganhar força em sua expressão.

"E o senhor vai morar em Gaster Fell?"

"Foi o que planejei. Mas como é que a senhorita conhece Gaster Fell? Pensei que fosse uma estranha na região."

"E sou, de fato. Nunca estive aqui antes. Mas já ouvi meu irmão falar sobre as charnecas de Yorkshire; e, se não estou enganada, escutei-o mencionar justamente essa que o senhor citou como sendo a mais perigosa e selvagem de todas."

"É bem provável", respondi-lhe, descuidado. "De fato é um lugar bastante lúgubre."

"Então por que o senhor quer ir morar lá?", perguntou a jovem, com voz ansiosa. "Pense na solidão, na aridez, na falta de todo e qualquer conforto e de toda ajuda, caso ela seja necessária."

"Ajuda! E de que ajuda eu haveria de precisar em Gaster Fell?"

Ela me fitou por instantes, depois deu de ombros. "A doença não escolhe lugar. Se eu fosse homem, não iria querer morar sozinho lá."

"Já enfrentei perigos piores que esse", falei eu, rindo; "mas receio que sua pintura terá de ser interrompida, porque as nuvens estão aumentando e já senti alguns pingos."

De fato, estava mais do que na hora de procurarmos abrigo porque, nem bem terminada a frase, veio o cicio ritmado da chuva. Rindo feliz da vida, minha companheira jogou um xale sobre a cabeça e, pegando o papel e o cavalete, saiu correndo com a graça ágil de uma jovem corça pela ladeira forrada de tojo, enquanto eu seguia atrás, com o banquinho e a caixa de tintas.

O estranho foi perceber que, saciada minha curiosidade inicial por essa jovem indefesa que viera parar em nosso pequeno povoado, em vez de diminuir, meu interesse por ela aumentou. Juntos como estávamos, sem nem um único pensamento em comum com a boa gente que nos rodeava, não demorou para que surgissem amizade e confiança entre nós. Juntos, fizemos caminhadas matinais pelas charnecas e, à tarde, subimos o Moorstone Crag para ver, do alto do penedo, o rubro sol afundar nas águas distantes da baía de Morecambe. De si própria, ela falava com franqueza e sem reservas. A mãe morrera fazia muito tempo e ela passara a juventude num convento belga, de onde saíra finalmente para voltar a Yorkshire. O pai e um irmão, segundo ela me contou, constituíam toda a família que tinha. No entanto, quando a conversa calhava de girar em torno das causas que a haviam levado para morada tão solitária, era possuída por uma estranha frieza e, ou caía num profundo silêncio ou então mudava o rumo da conversa. De resto, era uma companheira excelente, simpática, culta, com aquele requinte ligeiro e picante de ideias que guardara da escola no exterior. Todavia a sombra que eu observara cair sobre ela na primeira manhã não estava jamais muito longe de sua cabeça e, em algumas ocasiões, cheguei a presenciar o sumiço brusco daquela sua risada feliz, como se alguma ideia lúgubre a tivesse invadido e afogado toda a alegria e felicidade da juventude.

Foi na véspera de minha partida de Kirkby-Malhouse que sentamos no banco verde do jardim, ela com o olhar sonhador, fitando com tristeza os montes sombrios; eu, com um livro nos joelhos, espiando disfarçadamente seu perfil adorável, espantado de ver como vinte anos de vida, apenas, tinham conseguido imprimir nele expressão de tamanha tristeza e melancolia.

"A senhorita já leu muito?", perguntei finalmente. "As mulheres hoje têm oportunidades que suas mães nunca nem imaginaram. Alguma vez já pensou na possibilidade de continuar os estudos, de fazer um curso superior, até mesmo de seguir alguma profissão liberal?"

Ela sorriu um sorriso cansado diante da ideia.

"Não tenho objetivos, não tenho ambição. Meu futuro é negro. Confuso. Um caos. Minha vida é como uma daquelas trilhas lá no alto das colinas. O senhor também as conhece, monsieur Upperton. São regulares, retas e desimpedidas de início, mas em pouco tempo começam a dar guinadas para a esquerda e para a direita, entre rochedos e pedras, até que por fim acabam perdendo o próprio rumo em algum atoleiro. Em Bruxelas, minha trilha era reta; mas, *mon Dieu*! Quem poderá me dizer para onde esta há de me levar?"

"Não é preciso ser um profeta para tanto, srta. Cameron", disse eu, com os modos paternais que duas vintenas de anos nos facultam. "Se eu tivesse o dom de ler o futuro, arriscaria dizer que a senhorita está destinada a cumprir com o destino de toda mulher, vale dizer, fazer um homem feliz e distribuir em volta, em algum círculo mais amplo, o prazer que sua companhia tem me proporcionado desde o momento em que a conheci."

"Não vou me casar nunca", retrucou ela, num tom tão decidido que me surpreendeu um pouco, e me divertiu outro tanto.

"Não vai se casar? E por que não?"

Um olhar estranho perpassou por suas feições sensíveis e ela repuxou nervosamente a relva que crescia a seu lado.

"Eu não ousaria", respondeu-me ela com uma voz trêmula de emoção.

"Não ousaria?"

"O casamento não é para mim. Tenho outras coisas a fazer. Aquela trilha da qual lhe falei é o caminho que terei de percorrer sozinha."

"Mas isso é triste", comentei. "Por que haveria de se desviar do destino de minhas próprias irmãs, ou de milhares de outras jovens senhoras que surgem no mundo a cada nova estação? Mas talvez isso se deva a um receio, a uma desconfiança que a senhorita nutre em relação aos seres humanos. De fato, o casamento traz alguns riscos, assim como a felicidade."

"O risco seria do homem que se casasse comigo", protestou ela. Logo em seguida, como se de repente tivesse achado que falara demais, pôs-se de pé e cobriu a cabeça com uma mantilha. "O ar está meio gelado esta noite, sr. Upperton." E, com isso, afastou-se mais que depressa, deixando a mim o encargo de refletir sobre as estranhas palavras que haviam saído de sua boca.

Eu havia receado que a vinda dessa mulher pudesse me desviar dos estudos, mas jamais previ que meus pensamentos e interesses sofreriam tamanha transformação em tão pouco tempo. Fiquei acordado até bem tarde da noite em meu pequeno gabinete, ponderando a respeito de meus próximos passos. Ela era jovem, linda e atraente, tanto em virtude da própria beleza como do estranho mistério que a envolvia. Contudo, quem era aquela mulher para me arredar dos estudos que me preenchiam a mente, ou para me fazer mudar o curso de vida que eu estabelecera para mim? Eu não era nenhum rapazote para me deixar abalar por uns olhos negros ou por um belo sorriso, no entanto em três dias, desde sua chegada, meu trabalho não fizera nenhum avanço. Obviamente, estava na hora de partir. Cerrei os dentes e jurei que antes de transcorridas outras vinte e quatro horas eu já teria cortado os recentes laços que havíamos formado e saído em busca do refúgio solitário que me esperava no alto da charneca. O desjejum mal tinha terminado quando um camponês arrastou até a porta da casa o rústico carrinho de mão que transportaria meus poucos pertences até a nova morada. Minha companheira permanecera em seus aposentos; e, por mais preparada que estivesse minha mente para combater-lhe a influência, dei-me conta de uma leve pontada de desgosto por ver que ela me deixava partir sem uma palavra de adeus. Meu carrinho de mão, com sua carga de livros, já se tinha posto a caminho e eu, tendo apertado a mão da sra. Adams, estava prestes a segui-lo, quando escutei um rápido rumor de passos na escada e logo em seguida lá estava ela, a meu lado, ofegante com a própria pressa.

"Quer dizer então que o senhor se vai? Vai mesmo?", disse ela.

"Meus estudos me chamam."

"E vai para Gaster Fell, é isso?"

"Exato; para a casinhola que mandei construir ali."

"E vai morar sozinho, lá?"

"Não. Com centenas de companheiros que estão indo no carrinho de mão."

"Ah, livros!", exclamou a jovem, com um lindo encolher dos ombros graciosos. "Mas vai ao menos me prometer uma coisa?"

"E que coisa seria essa?", perguntei espantado.

"Uma coisinha de nada. O senhor não vai se recusar, certo?"

"Basta você me dizer do que se trata."

Ela então inclinou para mim o lindo rosto, com uma expressão da mais intensa sinceridade.

"O senhor me promete que vai aferrolhar a porta, à noite?", disse-me ela, partindo antes que eu pudesse dizer algo em resposta a pedido tão extraordinário.

Foi muito estranho ver-me por fim devidamente instalado na solitária morada. Para mim, a partir dali, o horizonte se limitava a um círculo infecundo de inútil capim eriçado, pontilhado ao acaso por moitas de tojo e marcado por lúgubre profusão de estrias de granito. Ermo mais monótono e aborrecido, eu nunca vira; porém seu encanto estava justamente nessa monotonia. O que haveria ali, nas ondulantes colinas descoradas, ou no silencioso arco azulado do céu, para desviar meu pensamento das altas considerações com que se ocupava? Eu havia largado o rebanho humano e tomado, para melhor ou pior, uma vereda só minha. Juntamente com a humanidade, eu nutria a esperança de deixar para trás também a dor, a decepção, a emoção e todas as outras pequenas fraquezas humanas. Viver para o conhecimento, e só para ele, esse era o objetivo mais insigne que a vida poderia oferecer. No entanto, já na primeira noite passada em Gaster Fell, ocorreu um estranho incidente que levou meus pensamentos de volta para o mundo que eu abandonara.

A noite estava carrancuda e abafada, com massas lívidas de nuvens se juntando para as bandas do oeste. Com o passar das horas, o ar dentro de casa foi ficando mais denso e mais opressivo. Parecia haver um peso sobre minha testa e meu peito. De muito longe, chegavam os rugidos da trovoada, gemendo pela charneca inteira. Impossibilitado de dormir, vesti-me e, parado na porta da casinhola, olhei para a solidão negra que me rodeava. Abaixo não havia brisa nenhuma; porém acima as nuvens corriam majestosas e ligeiras pelo céu, com uma meia-lua espiando de vez em quando por entre as brechas. O murmúrio do Gaster Beck e o pio insípido de uma coruja eram os únicos ruídos que chegavam aos meus ouvidos. Pegando a estreita trilha de ovelhas que havia à margem do riacho, avancei coisa de cem metros. Já tinha me virado para voltar quando a lua foi finalmente enterrada por nuvens negras retintas e a escuridão se acentuou de forma tão repentina que não consegui mais enxergar nem a trilha sob meus pés, nem o riacho à minha direita, e tampouco as rochas à esquerda. Estava eu ali parado, tateando o denso negrume, quando veio o estouro de um trovão e o fulgor de um raio que iluminou todo o vasto monte, de tal sorte que cada arbusto e cada pedra apareceram com espantosa nitidez sob a luminosidade plúmbea. Não durou mais que um instante, no entanto aquela visão momentânea provocou em mim um calafrio de medo e espanto, e lá estava ela, com a luz azulada a iluminar-lhe o rosto e mostrar cada detalhe das feições e roupas. Não havia como confundir aqueles olhos escuros, aquela silhueta alta e graciosa. Era ela — Eva Cameron, a mulher a quem eu pensava ter deixado para sempre. Por uns momentos, permaneci petrificado, assombrado, me perguntando se poderia de fato ser ela mesmo, ou se não seria alguma invenção que meu cérebro exaltado criara. Depois corri com toda a rapidez na direção de onde a tinha visto, chamando seu nome bem alto, mas sem obter resposta. Chamei de novo e, de novo, não veio resposta nenhuma, a não ser o lamento melancólico da coruja. Um segundo raio iluminou a paisagem e a lua irrompeu de trás das nuvens. Entretanto não consegui, embora tivesse subido até o topo de um outeiro que descortinava toda a charneca, ver o menor sinal da estranha figura errante. Durante uma hora, mais ou menos, cruzei aquele morro até que por fim me vi de volta à casinha, ainda sem saber ao certo se tinha sido uma mulher ou uma sombra o que eu divisara.

Pelos três dias seguintes a essa tempestade noturna, curvei-me teimosamente sobre meu trabalho. Por fim começava a me parecer que eu havia atingido meu porto de descanso, meu oásis de estudo, pelo qual eu tanto ansiara. Mas, infelizmente, minhas esperanças e meus planos goraram todos! Uma semana depois de ter fugido de Kirkby-Malhouse, uma série de acontecimentos estranhíssimos e imprevistos não só rompeu com a calma de minha existência como também me encheu de emoções profundas, a ponto de expulsar todas as outras considerações de minha cabeça.

III. SOBRE A CASINHA CINZENTA NA RAVINA

Foi no quarto ou no quinto dia depois de ter me mudado que, espantado, percebi estar ouvindo passos em frente de casa, seguidos por uma batida que parecia ter sido dada com o auxílio de um cajado. A explosão de alguma máquina infernal não teria causado surpresa ou constrangimento maior. Eu acalentava a esperança de ter conseguido me desvencilhar para sempre de todas as intromissões e lá estava alguém batendo à minha porta com a mesma sem-cerimônia que teriam se ali fosse uma cervejaria. Irado, atirei o livro de lado e puxei o ferrolho bem quando minha visita ia erguendo o cajado para renovar seu rude pedido de acolhida. Era um homem alto, forte, de barba castanha e peito largo, vestido com um terno folgado de tweed cujo corte almejava mais o conforto do que a elegância. Com ele ali parado sob a luz forte do dia, pude examinar-lhe cada um dos traços fisionômicos. O nariz largo e carnudo; os olhos azuis muito sérios, encimados por bastas sobrancelhas; a testa ampla, toda franzida e marcada de sulcos, em estranho desacordo com a mocidade do porte. Apesar do chapéu de feltro surrado e do lenço colorido em volta do forte pescoço bronzeado, pude ver de imediato que se tratava de alguém de berço e educação. Eu estava preparado para algum pastor errante ou andarilho mal-educado e aquela aparição me deixou desconcertado.

"O senhor parece espantado", disse-me ele. "Achou então que fosse o único homem no mundo com pendores para a solidão? Pois já vê que existem outros ermitãos neste deserto, além do senhor."

"Está me dizendo que também mora por aqui?", perguntei, em tom de poucos amigos.

"Mais para lá", respondeu-me ele, jogando a cabeça para trás. "Como somos vizinhos, sr. Upperton, achei que o mínimo a fazer seria vir ver se posso lhe ser de alguma serventia, seja no que for."

"Muito obrigado", disse eu, com frieza, parado com a mão no trinco da porta. "Sou um homem de hábitos muito simples e não há nada que possa fazer por mim. Mas o senhor conta com uma vantagem, que é a de saber meu nome."

Meus modos desagradáveis esfriaram o entusiasmo da visita.

"Soube pelos carpinteiros que trabalharam aqui", explicou-me ele. "Quanto a mim, sou cirurgião, o cirurgião de Gaster Fell. É por esse nome que me tornei conhecido por estas paragens, e me serve tão bem quanto qualquer outro."

"Não que haja muitas oportunidades de clinicar por aqui", observei.

"Nem uma alma viva a não ser o senhor por muitos e muitos quilômetros nas duas direções."

"Está me parecendo que quem anda precisado de uma ajuda é o senhor", comentei, olhando de relance para uma mancha grande e branca, como se provocada por algum ácido potente, estampada no rosto do desconhecido.

"Isto não é nada", respondeu-me ele de modo lacônico, virando um pouco a face para esconder a marca. "Preciso voltar, porque tenho um companheiro me aguardando. Se algum dia puder fazer algo pelo senhor, por favor, não hesite em pedir. Basta seguir o ribeirão morro acima, por mais ou menos um quilômetro e meio, para achar minha casa. O senhor tem um ferrolho na porta?"

"Tenho", respondi-lhe, um tanto atônito com a pergunta.

"Mantenha a porta aferrolhada, então. Esta colina é estranha. Nunca se sabe quem pode estar por aqui. É melhor se prevenir.

Adeus." Ele ergueu o chapéu, girou nos calcanhares e saiu a passos largos pela trilha ao longo do riacho.

Eu ainda estava parado, com a mão no trinco, espiando minha inesperada visita afastar-se, quando me dei conta de mais outro morador das charnecas. Um pouco mais adiante, na mesma trilha que o desconhecido seguia, havia uma enorme rocha cinzenta e, encostado nela, um homenzinho mirrado que endireitou o corpo quando o outro se aproximou e em seguida foi ter com ele. Os dois conversaram por um minuto ou mais, o mais alto mexendo várias vezes a cabeça em minha direção, como se descrevendo o que se passara entre nós. Depois seguiram em frente, lado a lado, e desapareceram numa depressão do caminho. Dali a instantes, tornaram a aparecer mais à frente, subindo de novo a charneca. Meu conhecido havia passado o braço em volta do ombro do amigo idoso, talvez num gesto de afeto, talvez para ajudá-lo na íngreme ladeira. Vi então o recorte nítido de ambos na linha do horizonte, a figura robusta de um e o porte engelhado do outro; a certa altura, eles viraram a cabeça e me olharam. Ao perceber o gesto, bati a porta mais que depressa, receoso de que pudessem pensar em voltar. Porém, quando fui espiar de novo pela janela, alguns minutos depois, vi que tinham ido embora.

Pelo resto do dia, lutei em vão para recuperar a indiferença perante o mundo e seus hábitos, condição imprescindível à abstração mental. Contudo, por mais que tentasse, os pensamentos teimavam em voltar ao cirurgião solitário e seu mirrado companheiro. O que estaria ele querendo dizer quando me perguntou se havia um ferrolho na porta? E como explicar que as últimas palavras de Eva Cameron tivessem sido do mesmo sinistro teor? Por várias e várias vezes especulei qual poderia ter sido o encadeamento de causas e efeitos que levaram dois homens tão dessemelhantes em idade e aspecto a morar juntos naqueles inóspitos morros despovoados. Estariam eles, assim como eu próprio, mergulhados em algum estudo fascinante? Seria possível que uma cumplicidade no crime os tivesse obrigado a fugir dos antros humanos? Algum motivo deveria haver, e bastante forte, por sinal, para levar um homem instruído a adotar tal existência. E só então comecei a me dar conta de que as multidões da cidade estorvam infinitamente menos do que o espírito de união que há no campo.

Permaneci o dia todo curvado sobre um papiro egípcio no qual estava trabalhando; porém nem o raciocínio sutil do antiquíssimo filósofo de Mênfis nem o significado místico que aquelas folhas continham conseguiram tirar-me a mente das coisas da Terra. A noite já vinha caindo quando empurrei o trabalho para o lado, desacorçoado. A intromissão daquele homem me deixara fervendo de indignação. Parado à margem do riacho que murmurejava diante da porta de minha casinhola, refresquei a testa febril e voltei a pensar no assunto. Claro que aquele pequeno mistério em torno de meus dois vizinhos é que insistia em reconduzir-me a mente ao assunto. Esclarecido o enigma, não haveria mais nenhum obstáculo a meus estudos. E o que me impedia, então, de caminhar até onde ambos moravam e observar, com os próprios olhos e sem deixar que suspeitassem de minha presença, que espécie de homens eram eles? Sem sombra de dúvida, o modo de vida da dupla acabaria por admitir uma explicação muito simples e prosaica. De toda forma, estava uma tarde linda e uma caminhada faria bem à mente e ao corpo. Acendendo meu cachimbo, parti charneca afora, na direção que ambos haviam tomado. O sol estava baixo e rubro no ocidente, afogueando as urzes com um rosa vivo e salpicando o vasto firmamento com todos os matizes, desde o verde mais pálido no zênite até o carmim mais profundo ao longo do horizonte longínquo. Aquela poderia muito bem ser a grande palheta na qual o pintor do mundo misturou as primeiras cores. De ambos os lados, os picos gigantescos do Ingleborough e do Pennigent olhavam com superioridade os sorumbáticos campos acinzentados entre uma montanha e outra. No caminho, os morros robustos foram se perfilando à esquerda e à direita até formar um vale estreito e bem definido, em cujo centro serpenteava o pequeno riacho. De um lado e de outro, linhas paralelas de rocha gris marcavam o nível de alguma antiga geleira, cuja moraina havia formado o solo fragmentado em volta de minha morada. Ásperos penedos, rochas talhadas a pique e fantásticas pedras retorcidas eram testemunhas do tenebroso poder do velho glaciar e mostravam onde os dedos gelados haviam rasgado e esburacado o sólido calcário.

Por volta da metade dessa ravina, havia um pequeno bosque de carvalhos atrofiados, de galhos contorcidos. Detrás das árvores, subia uma fina coluna de fumaça pelo ar parado de fim de tarde. Obviamente aquilo assinalava o local onde ficava a casa de meu vizinho. Desviando-me um pouco para a esquerda, cheguei ao abrigo de umas rochas e, assim, a um local de onde poderia comandar uma visão perfeita da construção sem me expor ao risco de ser descoberto. Era uma casa pequena, com telhado de ardósia, pouca coisa maior do que as pedras entre as quais se aninhava. Assim como a minha, mostrava sinais de ter sido construída para o uso de algum pastor; porém, ao contrário da minha, os atuais ocupantes não haviam feito o menor esforço para melhorá-la ou aumentá-la. Duas janelinhas acanhadas, uma porta esfolada e um barril descorado para armazenar a água da chuva eram os únicos objetos externos dos quais eu poderia extrair algum tipo de inferência a respeito dos moradores lá dentro. Entretanto, mesmo aqueles poucos itens davam o que pensar; sim, porque, ao chegar um pouco mais perto, ainda me escondendo por trás das pedras, vi que grossas barras de ferro protegiam as janelas, ao passo que a velha porta escalavrada fora entalhada com placas do mesmo metal. Precauções assim tão estranhas, aliadas à tristeza do ambiente e ao isolamento absoluto, conferiam um mau agouro indescritível e um caráter tenebroso à casinha solitária. Enfiando o cachimbo no bolso, arrastei-me, engatinhando por arbustos de tojo e samambaias até me ver a cem metros da porta do vizinho. Ali, percebendo que não poderia chegar mais perto sem correr o risco de ser descoberto, agachei-me e observei.

Eu tinha acabado de me acomodar no esconderijo quando a porta da casinhola se abriu e o homem que se apresentara como o cirurgião de Gaster Fell apareceu, de cabeça descoberta, com uma enxada nas mãos. Em frente da casa havia uma pequena horta plantada com batatas, ervilhas e outros tipos de verduras e, ali, ele se pôs em atividade, podando, roçando e arrumando, ao mesmo tempo em que cantava com uma voz potente, ainda que não muito melodiosa. Ele estava entretido no trabalho, de costas para a casinhola, quando surgiu pela porta semiaberta a mesma criatura raquítica que eu vira pela manhã. Pude então reparar que se tratava de um homem de mais ou menos sessenta anos, enrugado, corcunda, frágil, com um rosto comprido, pálido, e alguns poucos tufos de cabelos grisalhos na cabeça. Com passos servis e oblíquos, arrastou-se até o companheiro que só se deu conta de sua presença quando ele já estava bem próximo. Talvez tenham sido as passadas leves, ou a respiração, o que o acabou alertando, porque o moço se virou de chofre para encarar o velho. Cada qual deu um passo rápido na direção do outro, como se fossem se cumprimentar e depois — e até hoje sinto na pele o horror daquele instante — o sujeito mais alto avançou, derrubou o mais baixo por terra e, recolhendo o corpo, cruzou em grande velocidade o terreno que o separava da porta, desaparecendo com seu fardo no interior do casebre.

Calejado como eu estava por minha vida tão variada, o inesperado e a violência daquilo que eu presenciara me causaram um arrepio. A idade do homem, seu porte franzino, os modos humildes, sua submissão, tudo apontava para a infâmia do ato. Senti tamanha indignação que já ia me dirigir para lá, desarmado como estava, quando escutei vozes vindo do interior da casa, sinal de que a vítima recobrara os sentidos. O sol tinha acabado de se pôr e tudo em volta estava cinzento, exceto por um penacho vermelho no cume do Pennigent. Seguro na pouca luz, aproximei-me um pouco mais e apurei os ouvidos para captar o que estava sendo dito. Podia ouvir a voz ardida e queixosa do mais velho, misturada com estranhos fragores e estrépitos metálicos. Não demorou para que o cirurgião saísse, trancando a porta atrás de si, e começasse a palmilhar a terra em volta, para baixo e para cima, puxando os cabelos e agitando os braços, qual um demente. Depois, saiu andando a passos rápidos vale acima e logo se perdeu entre as rochas. Quando o ruído de seus passos sumiu por completo, aproximei-me da casinhola. O prisioneiro continuava despejando uma saraivada de palavras, ao mesmo tempo em que gemia, de quando em quando, como um homem acometido por dores. Palavras que, ao chegar mais perto, percebi serem preces — orações volúveis e esganiçadas, mastigadas com a intensa ansiedade de alguém que vê um perigo urgente e iminente. Para mim, havia algo de inexprimivelmente tenebroso nesse jorro de súplicas solenes que saía da boca do sofredor solitário; rogos que não se destinavam a ouvidos humanos e que estremeciam o silêncio da noite. Eu ainda refletia se deveria ou não me imiscuir na questão quando ouvi ao longe o som das passadas do cirurgião voltando para casa. Mais que depressa, apoiei-me nas barras de ferro e espiei pela vidraça da janela. O interior da casinha estava iluminado por um brilho lúgubre que vinha de algo que, mais tarde, descobri ser um forno químico. Sob a luz abundante, pude divisar uma grande quantidade de retortas, tubos de ensaio e condensadores que reluziam sobre a mesa e lançavam sombras grotescas, curiosas, na parede. No outro extremo do cômodo havia uma estrutura de madeira semelhante a um galinheiro e, lá dentro, ainda absorto em preces, o homem cuja voz eu havia escutado, de joelhos. Os laivos rubros que lhe batiam no rosto voltado para cima destacavam-no das sombras como se fora uma tela de Rembrandt, mostrando cada ruga da pele encarquilhada. Só tive tempo de dar uma olhada muito rápida; depois, baixando da janela, escapei por entre as pedras e urzes e não diminuí o passo até me ver de volta, são e salvo, dentro de casa. Ali, atirei-me sobre o sofá, mais abalado e perturbado do que imaginava ser possível me sentir de novo.

Alta noite já, e eu continuava agitado, revirando-me no travesseiro incômodo, incapaz de conciliar o sono. Uma estranha teoria se formara em minha mente, sugerida pelo elaborado equipamento científico que eu tinha visto. Seria possível que aquele cirurgião estivesse dando andamento a experiências insondáveis e medonhas que exigiam roubar ou no mínimo corromper a vida do companheiro? Tal suposição responderia pelo isolamento da existência que levava, mas como conciliar isso com a profunda amizade que me parecera existir entre ambos naquela mesma manhã? Seria dor ou loucura o que o fizera arrancar os cabelos e torcer as mãos ao sair de sua casa? E a doce Eva Cameron, seria possível que ela também fizesse parte do sinistro conluio? Quer dizer então que era para visitar meus pavorosos vizinhos que ela empreendia suas curiosas excursões noturnas? E, se fosse esse o caso, que laços uniriam um trio tão disparatado? Por mais eu que tentasse, não conseguia chegar a nenhuma conclusão satisfatória. Quando, finalmente, ferrei num sono agitado, foi tão somente para voltar a ver em sonhos os estranhos episódios do fim de tarde e acordar de madrugada, debilitado e abatido.

Quanto às dúvidas que eu talvez tivesse sobre ter ou não visto Eva Cameron na noite da tempestade, essas foram finalmente dirimidas naquela manhã. Caminhando ao longo da trilha que levava à colina, vi, num local onde o solo estava fofo, a marca de um pé — do pé pequeno e gracioso de uma mulher bem calçada. Aquele salto minúsculo e aquele arco acentuado da planta não poderiam pertencer a mais ninguém senão a minha companheira em Kirkby-Malhouse. Segui-lhe as pegadas durante um certo trecho, até perdê-las em terreno duro e pedregoso; porém ainda assim elas continuaram apontando, pelo que me foi possível discernir, para a solitária e malfadada casinhola. Que poder seria esse, capaz de fazer aquela jovem tão meiga atravessar as medonhas charnecas, em meio a ventanias, chuva e escuridão, para ir a encontro tão bizarro?

Mas por que deixar que minha mente se preocupasse com tais coisas? Por acaso não me orgulhava de viver uma vida própria, para além da esfera de meus semelhantes? Porventura iria deixar que todos os meus planos e decisões viessem por água abaixo apenas porque os hábitos de meus vizinhos pareciam estranhos? Era indigno, era pueril. Através de um esforço ininterrupto, tentei expulsar as influências daninhas e voltar à velha rotina. Não foi tarefa fácil. Mas, alguns dias depois, durante os quais não deixei um só segundo a casinha, sendo que eu já tinha quase conseguido recuperar minha paz de espírito, um novo incidente impeliu meus pensamentos de volta à velha senda.

Eu já disse que havia um pequeno riacho correndo pelo vale que passava diante de minha porta. Mais ou menos uma semana depois dos fatos que relatei, estava sentado à janela quando percebi alguma coisa boiando devagar correnteza abaixo. A primeira ideia que me ocorreu foi que se tratava de alguma ovelha em apuros; apanhei então meu cajado, caminhei até a margem do ribeirão e fisguei-a. Qual não foi minha surpresa ao constatar que se tratava de um lençol, rasgado e esfiapado, com as iniciais J. C. num dos cantos. Contudo o que lhe conferia significado funesto era o fato de estar, de uma bainha à outra, salpicado e manchado de sangue. Nos lugares onde ficara submerso na água, havia apenas uma nódoa clarinha; ao passo que em outros as manchas mostravam que o sangue era recente. Estremeci ao olhar para aquilo. O lençol só poderia ter vindo da casinhola solitária na ravina. Que prática sombria e violenta teria deixado esse horrendo vestígio atrás de si? Eu me iludira, ao achar que a família humana não significava mais nada para mim, porque todo o meu ser foi absorvido pela curiosidade e pelo ressentimento. Como permanecer neutro quando coisas terríveis estavam sendo perpetradas a um quilômetro e meio dali? Senti que o velho Adão continuava fortíssimo dentro de mim e que eu precisava solucionar o mistério. Fechando a porta da casa, entrei na ravina e pus-me a caminho da morada do cirurgião. Não tinha ido muito longe quando topei com o próprio. Ele andava a passos rápidos pela beirada do morro, batendo nas moitas de tojo com um porrete e gritando como um demente. De fato, ao vê-lo, as dúvidas que me haviam assaltado quanto à sanidade daquela criatura foram reforçadas e confirmadas. Quando ele se aproximou, reparei que o braço esquerdo estava suspenso numa tipoia. Ao perceber minha presença, parou indeciso, como se não soubesse se deveria se aproximar ou não. Eu, contudo, não tinha o menor desejo de lhe dirigir a palavra; de modo que estuguei o passo e meu vizinho seguiu seu caminho, ainda berrando e dando com o porrete a torto e a direito. Assim que sumiu em meio às colinas, fui até sua casa, decidido a encontrar alguma pista sobre o que ocorrera. Ao chegar, espantei-me de encontrar escancarada a porta reforçada com placas de ferro. O terreno bem à frente dela guardava as marcas de alguma luta. Os equipamentos de química lá dentro, e a mobília, estavam revirados e estilhaçados. O mais sugestivo de tudo, porém, era que a sinistra gaiola de madeira exibia manchas de sangue e seu desafortunado ocupante desaparecera. Meu coração condoeu-se do infeliz homenzinho; eu tinha absoluta certeza de que nunca mais o veria neste mundo. Por toda a extensão do vale havia várias pirâmides de pedra, os *cairns*, que em tempos remotos marcavam monumentos fúnebres, e perguntei-me qual deles ocultaria os resquícios do derradeiro ato da longa tragédia.

Não havia nada na casinhola que pudesse esclarecer quem eram meus vizinhos. O aposento estava repleto de instrumentos de química e delicados aparelhos filosóficos. Num dos cantos, uma pequena estante continha uma seleção excelente de obras científicas. Numa outra havia uma pilha de espécimes geológicos colhidos da pedra calcária. Meus olhos percorreram rapidamente esses detalhes todos; porém não havia tempo para um exame mais detalhado, eu temia que, ao regressar, o cirurgião me encontrasse ali. Deixando a casinha na ravina, voltei com o coração pesado. Uma sombra sem nome pairava sobre o desfiladeiro desolado — a pesada sombra do crime não reparado que fazia ainda mais lúgubres as lúgubres colinas e mais tenebrosas e ameaçadoras as charnecas já tão bravias. Minha mente hesitava entre ir e não ir a Lancaster para comunicar à polícia o que tinha visto. O cérebro, porém, recuou repugnado diante da perspectiva de me tornar testemunha de uma *cause célèbre* e acabar às voltas com advogados atarefados ou então com a imprensa oficiosa xeretando e fuçando em meu modo de vida. Então fora para isso que eu me afastara de meus semelhantes e me instalara naquele ermo isolado? A ideia de qualquer publicidade me causava profunda aversão. Seria melhor, quem sabe, esperar e observar, sem dar nenhum passo decisivo, até chegar a uma conclusão mais definitiva a respeito do que tinha visto e ouvido.

Não vislumbrei mais o cirurgião, na volta; mas, ao chegar, fiquei atônito e indignado ao constatar que alguém entrara em casa durante minha ausência. Caixotes haviam sido puxados de sob a cama, as cortinas tinham sido mexidas, as cadeiras deslocadas da parede. Nem mesmo meu gabinete de estudos ficara a salvo do rústico intruso, já que havia pegadas de botas bem pesadas perfeitamente visíveis no tapete cor de ébano. Não sou um homem lá muito paciente, na melhor das circunstâncias; mas essa invasão e o exame sistemático de meus pertences domésticos agitaram até a última gota de fel que havia em mim. Praguejando em voz baixa, tirei meu velho sabre de cavalaria da parede e passei o dedo pelo fio da lâmina, para testar o gume. Havia um grande chanfro no meio, onde o sabre batera na clavícula de um artilheiro bávaro, no dia em que forçamos Van der Tann a recuar. Mas continuava afiado o bastante para dar conta do recado. Coloquei-o na cabeceira da cama, ao alcance do braço, pronto para oferecer uma acolhida zelosa ao próximo visitante indesejado que pudesse aparecer.

IV. O HOMEM QUE VEIO À NOITE

A noite caiu com prenúncio de tempestade tendo no alto uma lua toda encilhada por nuvens esfarrapadas. O vento soprava em rajadas melancólicas, aos soluços e suspiros pela charneca, arrancando gemidos dos arbustos de tojo. De quando em quando, alguns borrifos de chuva tamborilavam na vidraça. Fiquei até a meia-noite examinando um fragmento sobre a imortalidade escrito por Iâmblico, o platônico alexandrino classificado pelo imperador Juliano como posterior a Platão no tempo, mas não na genialidade. Por fim, fechando o livro, abri a porta de casa e dei uma última espiada no morro funesto e no céu ainda mais ruinoso. Ao pôr a cabeça para fora, uma rajada de vento me atingiu, fazendo com que as brasas vermelhas de meu cachimbo faiscassem e dançassem nas trevas. Nesse mesmo momento, a lua brilhou com intensidade entre as nuvens e eu vi, sentado na encosta, a pouco menos de duzentos metros de minha porta, o homem que se intitulava o cirurgião de Gaster Fell. Ele estava agachado em meio à urze, com os cotovelos espetados nos joelhos e o queixo apoiado sobre as mãos, tão imóvel quanto uma pedra, com o olhar fixo na porta de minha casa.

Ao ver sentinela tão agourenta, um calafrio de horror e receio invadiu-me o corpo, porque além do feitiço das misteriosas ligações nocivas da criatura, a hora e o lugar harmonizavam com a presença deletéria. Em instantes, contudo, uma comichão viril de ressentimento e autoconfiança expulsou-me a emoção trivial da mente e caminhei sem temor na direção dele. Com minha aproximação, o outro levantou-se e encarou-me com o luar batendo em cheio no rosto grave, de barbas fartas, e cintilando-lhe nos olhos claros.

"O que significa isto?", exclamei, assim que me aproximei o suficiente. "Que direito tem o senhor de vir me espionar?" Não me escapou a onda de rubor irritado que lhe subiu às faces.

"Sua permanência no campo o fez descuidado com as boas maneiras", disse-me ele. "A charneca é aberta a todos."

"E decerto vai me dizer agora que minha casa também está aberta a todos", retruquei eu, enraivecido. "O senhor teve a impertinência de revistá-la em minha ausência, esta tarde."

Meu interlocutor levou um susto e as feições traíram a mais intensa emoção. "Eu lhe dou minha palavra que não tive nada a ver com isso", afirmou ele. "Nunca pus os pés em sua casa, em toda a minha vida. Ah, meu senhor, meu senhor, se ao menos acreditasse em mim. Há um perigo rondando sua casa e eu o aconselho a ter muito cuidado."

"O senhor esgotou minha paciência", retruquei eu. "Eu vi a surra covarde que aplicou num momento em que se acreditava protegido de todo e qualquer olhar humano. E estive em sua casa, também, e conheço tudo que ela tem para contar. Se houver lei na

Inglaterra, o senhor há de morrer na forca para pagar pelo que fez. Quanto a mim, sou um velho soldado, cavalheiro, e estou armado. Não vou passar o ferrolho na porta. Mas se porventura o senhor ou qualquer outro vilão tentar cruzar minha soleira, saiba que os riscos não são pequenos." E, com essas palavras, fiz meia-volta e retornei à casa. Quando me virei para olhá-lo da porta, meu vizinho continuava imóvel, uma triste figura entre as urzes, de cabeça descaída no peito. Dormi um sono agitado a noite inteira; porém não ouvi mais nenhum ruído por parte da estranha sentinela e tampouco ele estava à vista quando tornei a olhar, pela manhã.

Por dois dias, o vento soprou mais gelado e mais forte, com pancadas constantes de chuva, até que, na terceira noite, despencou sobre a Inglaterra a mais furiosa tormenta de que tenho lembrança. Os trovões ribombavam e faziam estremecer o céu, ao passo que os raios iluminavam todo o firmamento. O vento soprava a intervalos, ora soluçando de modo calmo, ora, num repente, esmurrando, aos uivos, as vidraças das janelas, até que o próprio vidro começava a chacoalhar na moldura. O ar carregado de eletricidade e sua peculiar influência, junto com os episódios estranhos com os quais eu estivera envolvido, despertaram e aguçaram sobremaneira minha morbidez. Percebi que seria inútil ir para a cama, e tampouco conseguiria me concentrar o bastante para ler um livro. Baixei a lamparina até atingir uma luminosidade suave, afundei no sofá e entreguei-me aos devaneios. Devo ter perdido toda e qualquer noção das horas, porque não tenho lembrança de quanto tempo permaneci ali sentado, na fronteira entre a consciência e o sono. Enfim, por volta das três da manhã, ou quem sabe quatro, voltei a mim com um sobressalto — não só voltei a mim como voltei com todos os sentidos e nervos apurados. Olhando o aposento envolto em penumbra, não vi nada que justificasse a repentina agitação. A saleta aconchegante, a janela banhada de chuva e a rústica porta de madeira estavam como sempre tinham estado. Já começava a me convencer de que algum sonho semiformado provocara aquela vaga comoção em meus nervos quando, num átimo de segundo, tomei consciência do que se tratava. Era o ruído — o ruído de passos humanos do lado de fora de minha solitária morada.

Em que pesem a trovoada, a chuva e o vento, ainda assim escutei o barulho — o barulho surdo de uma pisada furtiva, ora na relva, ora nas pedras — que de vez em quando parava por completo, depois recomeçava, cada vez mais perto. Endireitei o corpo, assustado, a escutar o som fantasmagórico. As passadas pararam bem na porta e foram substituídas por ruídos arfados e resfolegantes de quem andara muito e depressa. Apenas a grossura daquela porta me separava desse sonâmbulo de passos leves e respiração pesada. Não sou nenhum covarde, porém a selvageria daquela noite, o vago aviso que eu recebera e a proximidade desse estranho visitante me deixaram tão apreensivo que eu seria incapaz de dizer alguma coisa, tão seca estava minha boca. Estendi a mão, todavia, e agarrei meu sabre, com os olhos fixos na entrada da casinhola. Eu rezava em silêncio para que aquela coisa, ou o que quer que fosse, batesse na porta, ameaçasse, chamasse meu nome ou fornecesse alguma pista quanto a seu caráter. Qualquer perigo conhecido seria melhor do que aquele horrível silêncio, interrompido apenas pelos resfôlegos rítmicos.

À luz fraca da lamparina em vias de apagar, vi o puxador da porta mexer, como se alguém estivesse exercendo uma pressão muito branda nele pelo lado de fora. Devagar, devagar, o trinco foi sendo liberado, até que se fez uma pausa de um quarto de minuto ou mais, em que continuei sentado, em silêncio, com os olhos esbugalhados e o sabre desembainhado. Em seguida, muito lentamente, a porta começou a girar nos gonzos e o ar cortante da noite entrou assobiando pela fresta. Com toda a cautela, ela continuou sendo aberta de tal sorte a evitar que as dobradiças enferrujadas fizessem ruído. À medida que o vão foi se alargando, divisei uma figura escura, envolta em sombras, em minha soleira, e um rosto pálido que me fitava. As feições eram humanas, mas os olhos não. Eles pareciam iluminar o negrume em volta com um brilho esverdeado todo próprio; e em seu fulgor maléfico e enganador, tomei consciência do espírito mesmo do crime. Saltando do sofá, eu já tinha erguida a espada nua quando, com um berro ensandecido, uma segunda figura entrou-me porta adentro. À aproximação desse novo intruso, minha espectral visita soltou um berro ardido e saiu correndo morro afora, ganindo qual um cão surrado. A borrasca tornou a engolir as duas criaturas que dela tinham surgido, como se fossem a personificação das vergastadas do vento e da inclemência da chuva.

Ainda espicaçado pelo medo recente, continuei parado na porta, espiando a noite, com os berros discordantes dos fugitivos a retinir nos ouvidos. Naquele momento, um raio poderoso iluminou toda a paisagem, deixando-a clara como o dia. À luz do relâmpago, vi ao longe duas silhuetas escuras correndo, uma atrás da outra e a grande velocidade pelos morros. Mesmo daquela lonjura, o contraste entre um e outro impedia qualquer dúvida quanto a quem seriam. O primeiro era o homenzinho idoso que eu supunha morto; o segundo, meu vizinho, o cirurgião. Por alguns instantes, apareceram com uma nitidez espantosa sob a luz fantasmagórica; logo depois, o negrume se fechou em volta deles e sumiram ambos. Ao virar-me para entrar, meu pé tropeçou em algo na soleira. Baixando-me, descobri tratar-se de uma faca de lâmina reta, feita todinha de chumbo, tão macia e quebradiça que me pareceu escolha curiosa para se ter como arma. Para torná-la ainda mais inofensiva, a ponta fora cortada, transformando-a em instrumento rombudo. A lâmina, entretanto, tinha sido afiada inúmeras vezes numa pedra, como evidenciavam as várias marcas, de modo que ainda era uma ferramenta perigosa, nas mãos de alguém decidido. Evidentemente caíra das mãos do homenzinho quando da súbita chegada do cirurgião. E não havia mais nenhuma dúvida em relação ao objetivo da visita.

E qual foi o significado disso tudo, o leitor há de me perguntar. Muitos foram os dramas com que topei em minha vida errante, alguns tão estranhos e surpreendentes quanto esse, aos quais faltou a explicação derradeira que agora o leitor exige. O destino é um grande tecelão de lendas; entretanto, e de forma geral, costuma terminá-las contrariando todas as leis artísticas e com uma falta indecorosa de consideração para com a etiqueta literária. Acontece, porém, que tenho uma carta comigo que estou pensando em acrescentar aqui, sem mais nenhum comentário, e que há de esclarecer tudo quanto resta de obscuro.

Asilo de Loucos de Kirkby,
4 de setembro de 1885

Prezado senhor, estou plenamente consciente de que lhe devo um pedido de desculpas e uma explicação pelos acontecimentos espantosos e, a seus olhos, misteriosos ocorridos há pouco tempo e que tão seriamente interferiram com a existência isolada que o senhor pretendia levar. Eu deveria ter ido vê-lo na manhã seguinte à recaptura de meu pai; mas conhecendo sua aversão por visitas e também — e aqui peço que me perdoe a franqueza — seu temperamento bastante violento, fui levado a acreditar que seria melhor comunicar-me por carta. Durante nosso último encontro, eu deveria ter lhe contado o que vou lhe contar agora; mas suas alusões a algum crime do qual me considerava culpado, e sua partida repentina, impediram que eu dissesse aquilo que trazia na ponta da língua.

Meu pobre pai trabalhava com afinco como clínico-geral na cidade de Birmingham, onde até hoje seu nome é lembrado e respeitado. Há uns dez anos, porém, começou a dar sinais de uma aberração mental que nós, de início, atribuímos a excesso de trabalho e aos efeitos de uma insolação. Sentindo-me incompetente para dar um diagnóstico em caso de tamanha monta, procurei de imediato os mais altos pareceres, tanto em Birmingham quanto em Londres. Entre outros, consultamos o eminente alienista Fraser Brown, segundo quem o caso de meu pai era intermitente por natureza, mas perigoso durante seus paroxismos. "Ele tanto pode sofrer uma guinada homicida quanto religiosa", declarou o médico, "ou talvez uma mistura de ambos. Durante meses, ele pode permanecer tão bem quanto o senhor ou eu, e de repente, num instante, entrar em crise. O senhor será o principal responsável, se o deixar sem supervisão."

E os resultados fizeram justiça ao diagnóstico do especialista. Em pouco tempo a doença de meu pobre pai sofreu uma guinada tanto religiosa quanto homicida, com ataques que ocorriam sem o menor aviso, depois de meses de sanidade. Não irei cansá-lo com descrições das terríveis experiências por que passou nossa família. Basta dizer que, pelas bênçãos do bom Deus, conseguimos manter livres de sangue seus dedos enlouquecidos. Minha irmã Eva, eu enviei a Bruxelas, depois do que passei a me dedicar por completo ao caso dele. Meu pai tinha um grande pavor de manicômios; e, em seus intervalos de sanidade, me implorava com tamanha veemência para não ser condenado a ir para um que nunca encontrei coragem para resistir-lhe à vontade. No fim, contudo, os surtos tornaram-se tão fortes e perigosos que decidi, pelo bem de todos ao meu redor, tirá-lo da cidade e levá-lo à região mais erma que pudesse encontrar. E essa região foi justamente Gaster Fell, onde ele e eu fixamos residência.

Eu possuía uma renda suficiente para me manter e, tendo me dedicado à química, fui capaz de passar o tempo com um grau razoável de conforto e proveito. Ele, pobre infeliz, era tão submisso quanto uma criança, quando em seu juízo perfeito; e homem nenhum poderia desejar companhia melhor e mais bondosa. Fizemos juntos um compartimento de madeira dentro do qual ele poderia se refugiar quando sofresse um acesso; e eu reformei a janela e a porta para mantê-lo confinado dentro de casa sempre que surgisse a suspeita de haver um novo ataque a caminho. Olhando em retrospecto, posso dizer com segurança que nenhuma precaução foi esquecida; até mesmo os indispensáveis utensílios de mesa eram de chumbo e rombudos, para evitar que meu pai causasse algum mal em seus frenesis.

Durante meses após nossa mudança, ele parecia estar melhorando. Não sei se devido ao ar puro, ou à ausência de qualquer incentivo à violência, o fato é que, por uns tempos, não demonstrou o menor sinal da terrível desordem que o afetava. Foi sua chegada que, pela primeira vez, perturbou-lhe o equilíbrio mental. Só de vê-lo, ainda que ao longe, sentiu despertar todos aqueles impulsos mórbidos que jaziam dormentes. Uma noite, ele se aproximou sorrateiro de mim, com uma pedra na mão, e teria me liquidado se eu, optando pelo menor de dois males, não o tivesse derrubado ao chão e trancafiado na gaiola, antes que recobrasse os sentidos. Essa súbita recaída, é claro, me deixou profundamente preocupado. Durante dois dias, fiz tudo que estava a meu alcance para acalmá-lo. No terceiro, ele parecia mais sossegado, mas, infelizmente, não passava de encenação, fruto da esperteza do louco. Não sei como, meu pai conseguiu afrouxar duas travas da gaiola; e eu, desprevenido pela aparente melhora, entretido com minha química, de repente fui atacado por ele, de faca em punho. Na briga, ele me cortou o braço e escapou antes que eu me recuperasse e tivesse tempo de ver qual caminho tomara. Meu ferimento era coisa de pouca monta e, durante vários dias, vaguei pelos morros, revirando cada moita em minha busca infrutífera. Eu estava convencido de que ele atentaria contra sua vida, convicção essa que foi reforçada quando soube que alguém, durante sua ausência, entrara na casa. Foi então que resolvi vigiá-lo durante a noite. Uma ovelha morta que encontrei largada na charneca, toda retalhada, mostrou-me que meu pai não estava sem comida e também que o impulso homicida continuava forte dentro dele. Por fim, conforme eu esperava, ele tentou invadir sua casa, ato que, não fosse minha intervenção, teria terminado na morte de um ou de outro. Ele correu e lutou como um animal selvagem; porém eu estava tão desesperado quanto ele e consegui arrastá-lo de volta para casa. Esse derradeiro fracasso convenceu-me de que qualquer esperança de melhora se fora para sempre. Na manhã seguinte, trouxe-o para este estabelecimento, onde agora, alegro-me em dizê-lo, meu pai vai voltando ao normal.

Permita-me uma vez mais, cavalheiro, manifestar meu pesar por tê-lo submetido a tamanha provação.

Sinceramente,
John Light Cameron

E assim foi a história da estranha família cujo destino um dia cruzou com o meu. Desde aquela noite terrível, nunca mais vi nem ouvi falar deles todos, salvo por essa única carta que transcrevi. Continuo até hoje morando em Gaster Fell, ainda com a mente embrenhada nos segredos do passado. Mas quando saio a passear pela charneca, e quando vejo a casinhola deserta entre as pedras cinzentas, é inevitável que meus pensamentos se voltem para o drama bizarro e para a singular dupla que invadiu minha solidão.

Tradução de Beth Vieira

SOBRE OS AUTORES

EDGAR ALLAN POE nasceu em Boston, em 1809, filho de pais atores. Com a morte da mãe foi entregue aos cuidados de um próspero comerciante, John Allan, que, embora acolhendo o menino em sua casa e batizando-o com seu nome, jamais pensou em adotá-lo legalmente. Poe teve oportunidade de receber boa educação escolar. Frequentou a Universidade da Virgínia. Beberrão e jogador, viu-se logo acossado pelos credores, e, tendo se recusado a pagar os seus débitos, não lhe restou alternativa senão fugir, abandonando os estudos. Em 1831, participou de um concurso de contos instituído por uma revista literária de renome, concorrendo com o "Manuscrito encontrado numa garrafa". Ganhou o primeiro prêmio. Trabalhou como redator numa revista de renome no sul do país e, no prazo de um ano, Poe conseguiu transformá-la numa revista nacionalmente conhecida, conquistando o cargo de redator-chefe. Em 1840, surgem os *Contos do grotesco e do arabesco*, em dois volumes, reunindo sua produção de contos até o momento. Três anos mais tarde, Poe alcançou êxito nacional com a publicação de *O escaravelho de ouro* e, em 1845, finalmente aparece O *corvo e outros poemas*. Em 1849, durante uma estada em Baltimore, foi encontrado inconsciente numa sarjeta. Levado para o hospital, morreu sem recuperar totalmente a razão, vítima dos excessos de sua curta existência.

O conto "A máscara da Morte Rubra" foi retirado do livro *Histórias extraordinárias* (Companhia das Letras).

JOAQUIM MARIA MACHADO DE ASSIS nasceu em 21 de junho de 1839, no morro do Livramento, no Rio de Janeiro. Logo cedo mostrou inclinação para as letras e aos quinze anos publicou alguns poemas. Trabalhou como revisor e caixeiro para Francisco de Paula Brito e em seguida colaborou em diversos jornais e revistas do país. Publicou seu primeiro livro de poesias, *Crisálidas*, em 1864; a primeira coletânea de histórias curtas, *Contos fluminenses*, em 1870; e o primeiro romance, *Ressurreição*, em 1872. Ao longo da década de 1870, escreveu mais três livros de prosa: *A mão e a luva*, *Helena* e *Iaiá Garcia*, mas seu primeiro grande sucesso, no entanto, foi *Memórias póstumas de Brás Cubas*, publicado quase dez anos depois, em 1881. Também são dessa década *Papéis avulsos*, de 1882, e *Dom Casmurro*, de 1889. Em 1897, foi eleito presidente da Academia Brasileira de Letras, instituição que ajudou a fundar no ano anterior. Machado de Assis morreu no dia 29 de setembro de 1908, aos 69 anos de idade.

O conto "A causa secreta" foi retirado da coletânea *50 contos de Machado de Assis* (Companhia das Letras).

BRAM STOKER (1847-1912) nasceu em Dublin, Irlanda e entrou para a galeria dos grandes nomes da literatura de terror fundamentalmente como o autor de *Drácula* (1897), sem dúvida a mais famosa história de vampiro da literatura mundial e a grande responsável por forjar o verdadeiro mito moderno em que se transformou a figura do conde da Transilvânia. Vítima de uma doença debilitante na infância, Stoker viveu acamado até aproximadamente os sete anos de idade, período durante o qual, segundo consta, sua mãe o distraía contando-lhe histórias de terror. Apaixonado por teatro, trabalhou durante boa parte de sua vida como administrador do histórico Lyceum Theatre, em Londres, e como secretário de um dos maiores atores de seu tempo, Henry Irving. Vivendo à sombra do grande ator e totalmente dedicado à comunidade teatral, Stoker escreveu seus romances e contos no tempo que lhe sobrava de seu trabalho como administrador.

O conto "A selvagem" foi retirado do livro *Contos de horror do século XIX* (Companhia das Letras).

GUY DE MAUPASSANT nasceu em 1850, na França. Depois da separação dos pais, em 1860, ele e o irmão, sob a guarda da mãe, passaram a viver no agitado balneário de Étretat, onde o jovem aproximou-se do poeta Louis Bouillet e do escritor Gustave Flaubert, seus dois grandes mestres quando frequentava o liceu Corneille, em Rouen. Em 1870, quando cursava a faculdade de direito em Paris, foi convocado para servir o Exército e obrigado a combater na Guerra Franco-Prussiana. A partir de 1880, começou a publicar contos, crônicas e críticas — e, mais tarde, também romances na imprensa diária. O sucesso repentino dessa época transformou-o num autor disputado e respeitado em toda a França, alçando-o também ao papel de bon-vivant. Maupassant morreu em 1893.

O conto "A mão" foi retirado do livro *125 contos de Guy de Maupassant* (Companhia das Letras).

ROBERT LOUIS STEVENSON (1850-1894) nasceu em Edimburgo numa família muito religiosa. Foi uma criança de saúde frágil, vítima de uma doença pulmonar que o perseguiu a vida inteira e que o levou a migrar da sua Escócia natal rumo a paragens mais ensolaradas: o Sul da França, os Estados Unidos, o Pacífico Sul; acabou por se instalar com a esposa Fanny em Samoa, onde ganhou dos nativos a alcunha de Tusitala, "contador de histórias", e morreu em dezembro de 1894. Mesmo depois de livros de reconhecida qualidade literária como *A ilha do tesouro, Raptado* e *As novas mil e uma noites*, Stevenson ainda teve que enfrentar algum desdém crítico: passava por um autor menor dotado de inventiva meramente folhetinesca. O século XX, e sobretudo o argentino Jorge Luis Borges, encarregaram-se de emendar esse juízo: Borges louvava sua escrita inventiva, sua escrita lúcida, e o declarava "digno de nossa amizade". Além de *O médico e o monstro*, Stevenson testou várias vezes a mão no conto de horror, quase sempre mesclado a um elemento fantástico; é o caso deste "O rapa-carniça", que foi retirado do livro *Contos de horror do século XIX* (Companhia das Letras).

A vida de ARTHUR CONAN DOYLE (1859-1930) não foi menos interessante que suas histórias de ficção. Formado em medicina, ele passou sete meses a bordo de um boleeiro no Ártico e durante a guerra dos Bôeres trabalhou como voluntário no Sul da África. Apaixonado por esportes, foi um esquiador de primeira classe. Também viajou muito, pronunciando palestras em praticamente todos os países de língua inglesa. O grande público o associou de tal modo a Sherlock Holmes que nunca deu a devida atenção a outros trabalhos seus. Conan Doyle nunca deixou de estar atento à realidade. Interessou-se ativamente por assuntos de Estado, candidatou-se a cargos políticos e defendeu alguns acusados célebres. Quase nenhuma dessas atividades deu frutos. Antes da Primeira Guerra Mundial, numa demonstração da criatura visionária que era, alertou ministros britânicos sobre a possibilidade de o inimigo usar submarinos e aviões para abater a frota de Sua Majestade numa eventual conflagração. Todos acharam loucura, coisa de Jules Verne. "O cirurgião de Gaster Fell" foi retirado do livro *Contos de horror do século XIX* (Companhia das Letras).

1ª EDIÇÃO [2013] 6 reimpressões

ESTA OBRA FOI COMPOSTA POR ACOMTE EM BERLING E
IMPRESSA PELA LIS GRÁFICA EM OFSETE SOBRE PAPEL PÓLEN DA
SUZANO S.A. PARA A EDITORA SCHWARCZ EM MARÇO DE 2025

A marca FSC® é a garantia de que a madeira utilizada na fabricação do papel deste livro provém de florestas que foram gerenciadas de maneira ambientalmente correta, socialmente justa e economicamente viável, além de outras fontes de origem controlada.